L'amour à la barre

*Barbara Cartland est une romancière anglaise
dont la réputation n'est plus à faire.*

*Ses romans variés et passionnants mêlent
avec bonheur aventures et amour.*

*Barbara Cartland fête actuellement
son 200e livre publié en français.*

*Vous retrouverez tous les titres
disponibles dans le catalogue que
vous remettra gratuitement votre libraire.*

Barbara Cartland

L'amour à la barre

traduit de l'anglais par Marie-Hélène DUMAS

Éditions J'ai lu

Ce roman a paru sous le titre original :

LOVE AT THE HELM

© Barbara Cartland, 1980

Pour la traduction française :
© Éditions J'ai lu, 1985

NOTE DE L'AUTEUR

Le duc de Mountbatten m'a souvent aidée à retracer l'arrière-plan historique de mes romans, en particulier quand ils avaient un rapport avec l'histoire de la marine.

Juste avant son départ pour l'Irlande, où il fut victime d'un lâche attentat, il m'avait fait part d'un projet de roman dont le héros aurait été un officier de la Royal Navy. Il avait l'intention d'en reverser les droits à une des nombreuses œuvres de charité dont il s'occupait.

C'est au Mountbatten Memorial Trust, fondation créée par le prince de Galles après la mort du duc, qu'iront les droits du roman que vous allez lire. J'en avais raconté l'intrigue à lord Mountbatten et il m'avait fourni de précieux renseignements concernant les corsaires américains, le déroulement des batailles navales de l'époque, ainsi que la hiérarchie et la discipline qui régnaient sur les navires de la flotte britannique.

Je suis extrêmement reconnaissante à Mr John Barrat, administrateur et ami de lord Mountbatten, et qui a lui aussi fait partie de la Marine royale, d'avoir corrigé les épreuves de ce livre.

Quand je suis allée à Antigua, il y a quelques années, j'ai visité Clarence House, la maison de l'amiral et le port militaire. Tout cela était passionnant, et l'île elle-même, avec son climat de rêve, ses merveilleuses plages et ses palmiers qui se balancent dans le vent, donne une impression de rare beauté.

La guerre entre la Grande-Bretagne et les Etats-Unis qui prit fin en 1814 n'avait fait qu'affaiblir ces deux pays. La suprématie navale des Britanniques avait coûté cher aux Etats-Unis et interrompu presque totalement leur commerce maritime. D'un autre côté, les navires corsaires américains, dont cinq cent quinze avaient été armés par le gouvernement, avaient fait des ravages dans la marine marchande britannique, dont ils avaient capturé plus de mille trois cent quarante-cinq bateaux.

L'activité des corsaires se poursuivit, quoique de façon plus restreinte, jusqu'à la fin de la guerre avec la France, un an plus tard, et s'éteignit totalement pendant plus de cinquante ans.

1815

1

La chaise de poste déposa le capitaine Conrad Horn à Whitehall, devant l'Amirauté.

Quand il pénétra sous la voûte, le capitaine leva la tête vers le fronton soutenu par quatre colonnes corinthiennes, auquel était accrochée une ancre monumentale qui lui avait toujours paru le symbole le plus parfait de la puissance maritime de son pays.

Il donna son nom au planton de service et vit passer dans les yeux du jeune homme une lueur admirative. Ces marques de respect lui étaient devenues familières depuis son retour.

Quand son navire était rentré au port, après un long séjour en mer, il avait été accueilli aux cris de « Vive le *Tigre* ! », « Vive le capitaine Horn ! » par la foule amassée sur le quai. Et il avait entendu de semblables acclamations tout au long du parcours qu'il avait suivi jusqu'à Londres.

Pour lui, le plus incroyable était qu'il fût revenu vivant de cette mission alors qu'au départ, toutes les chances étaient contre lui.

Pourtant, il avait réussi au-delà de toute espérance, et les pertes qu'il avait infligées à la marine française en coulant bon nombre de ses navires ne pouvaient qu'accélérer la chute de Napoléon Bonaparte.

Le planton n'était pas encore revenu quand une porte donnant sur le couloir s'ouvrit pour laisser passer un homme en uniforme.

– Conrad ! s'écria l'homme qui vint à sa rencontre en boitant. J'espérais bien te voir ici un de ces jours.

Horn serra chaleureusement la main qu'il lui tendait.

– John ! Comment vas-tu ? J'étais si inquiet pour toi ! Je ne m'attendais pas à te voir ici.

– J'ai eu la chance qu'ils me trouvent un poste à terre. Je n'ai guère d'espoir de reprendre un jour la mer, tu sais.

– Voilà qui ne doit pas te faire plaisir, observa Horn d'une voix compatissante. Mais c'est quand même le meilleur moyen de rester des nôtres.

– J'ai eu peur d'être obligé d'aller finir mes jours à la campagne, mais les médecins m'ont tiré de ce mauvais pas – ou plutôt ma femme, qui est meilleur médecin qu'eux tous réunis.

– Je veux bien te croire, dit Conrad Horn avec un pincement de lèvres.

Les deux hommes demeurèrent un moment pensifs en songeant à l'incroyable incompétence des médecins de bord qui valaient à peine mieux que des bouchers et étaient souvent responsables de plus de morts que l'ennemi.

– Mais nous parlons de moi alors que c'est toi, l'homme du jour ! reprit le capitaine Huskinson. Toutes mes félicitations, Conrad. J'ai lu tous tes rapports dont chacun relatait un exploit digne du plus passionnant roman d'aventures.

– J'aurais aimé que tu sois avec moi.

– Moi aussi, reconnut son ami. Toi seul pouvais semer une telle panique chez nos adversaires, en attaquant de nuit, et réussir à t'enfuir malgré leur supériorité numérique.

Tous deux se mirent à rire en pensant à la ruse presque enfantine qui avait permis au capitaine Conrad Horn d'échapper à deux grandes frégates ennemies dans le golfe de Gascogne.

À elle seule, la petite frégate de Horn, le *Tigre*, avait fait de tels dégâts à la flotte de Napoléon, déjà sérieusement endommagée après la bataille de Trafalgar, qu'elle s'était vue pourchassée par tous les bâtiments opérant pour le compte des Français ou de leurs alliés.

L'incident auquel ils pensaient s'était déroulé à la tombée de la nuit.

La veille, devant des ennemis non seulement plus nombreux, mais aussi mieux armés, Horn avait dû prendre la fuite. Après deux jours de navigation en haute mer, alors qu'il allait être rejoint par ses poursuivants, il avait imaginé une échappatoire d'une simplicité déconcertante : il avait fait mettre à la mer une baille éclairée par une lanterne tandis que le *Tigre* changeait brusquement de cap, tous feux éteints. À l'aube, les Français s'étaient retrouvés devant un horizon désespérément vide.

– J'aurais bien aimé voir leur tête ! dit en riant le capitaine Huskinson.

Après cet exploit, le *Tigre* n'avait plus jamais été réduit à prendre la fuite, et les navires qu'il avait capturés, s'ajoutant à ceux qu'il avait coulés, avaient fait du capitaine Horn un héros national. Ses victoires avaient été célébrées à travers toute l'Angleterre qui était au bord de l'épuisement et souhaitait qu'un terme fût mis à tant d'années de guerre.

Le planton était revenu et attendait près des deux hommes qu'on lui prêtât un instant d'attention.

— Sa Seigneurie va vous recevoir immédiatement, capitaine, parvint-il enfin à annoncer d'un ton respectueux.

John Huskinson posa la main sur l'épaule de son ami.

— Va recevoir les félicitations qui te sont dues. Tu as toutes les faveurs de Sa Seigneurie, en ce moment, et je ne gâcherai pas ton plaisir en dévoilant avant lui la surprise qu'il te réserve.

— Je suis heureux de t'avoir vu, John, dit Conrad Horn. Prends bien soin de toi.

« Comme il a changé ! » pensa-t-il en s'éloignant. C'est à peine s'il avait reconnu dans cet homme infirme et décharné le grand capitaine qu'avait été son ami avant Trafalgar.

Conrad Horn soupira. Comme chaque fois qu'il songeait à tous ses compagnons morts en mer ou blessés au combat et devenus invalides, son cœur se serra.

Le planton ouvrit une porte et annonça le visiteur. Horn entra dans un vaste bureau dont les fenêtres donnaient sur le parc où les horse-guards étaient rassemblés pour la parade. Le vicomte de Melville, amiral en chef de la Marine royale, se leva pour l'accueillir.

— Soyez le bienvenu, Horn ! lui dit-il. Je vous présente mes félicitations et celles de toute l'Amirauté pour vos brillants états de service. Nous vous sommes très reconnaissants.

— Merci, milord.

Le vicomte de Melville se rassit derrière son bureau.

— Prenez place, capitaine Horn, dit-il en indiquant une chaise à son visiteur.

Conrad Horn s'exécuta et attendit avec une légère appréhension ce que l'amiral en chef allait lui proposer. Les succès qu'il venait de remporter lui permettaient d'espérer un commandement plus important que celui de sa petite frégate. Le *Tigre* resterait d'ailleurs immobilisé pendant deux ou trois mois, le temps nécessaire à la remise en état de la coque qui avait subi de graves avaries au cours de la dernière bataille.

Il ne manquait pas de navires prestigieux que tous les capitaines de la Marine royale rêvaient de se voir confier, mais dans cette phase décisive de la guerre, le moindre bâtiment capable de tenir la mer était déjà utilisé et pourvu de son commandant.

La première phrase du vicomte de Melville n'apprit rien à Conrad Horn qu'il ne sût déjà.

— Nous avons en ce moment plus de six cents navires et plus de cent trente mille hommes engagés dans la bataille, capitaine Horn, observa-t-il.

Il fit une pause, comme pour donner plus de poids à ce qui allait suivre.

— En temps de guerre, chaque navire a un rôle capital à jouer, dans quelque partie du monde qu'il opère.

Il s'arrêta de nouveau, comme s'il attendait une réponse. Mais le capitaine Horn, ne voyant rien à dire, garda le silence.

— Chaque bâtiment, du plus petit au plus grand, nous est précieux, continua le vicomte, mais bien entendu, les navires les plus récents, et donc les plus efficaces, sont aussi les plus précieux.

Une lueur d'intérêt s'alluma dans les yeux de Conrad Horn qui retint son souffle tandis que l'amiral continuait :

– Vous avez certainement entendu parler du *César*, le premier deux-ponts anglais, qui a été inauguré en 1793. C'est un bâtiment construit à la même époque, mais auquel on avait apporté quelques améliorations dues aux Français, que Nelson a utilisé comme vaisseau amiral après la bataille d'Aboukir.

– Effectivement, milord, je m'en souviens.

– C'est à cette occasion, rappelez-vous, continua le vicomte d'un ton presque solennel, que fut capturé le *Franklin*, un bâtiment français tout neuf à bord duquel se trouvait leur vice-amiral. Les qualités du *Franklin* se sont révélées telles que nous avons décidé de construire immédiatement huit navires du même type.

Après une nouvelle pause pendant laquelle il fixa son interlocuteur pour apprécier ses réactions, le vicomte de Melville déclara :

– L'un d'eux sera prêt à prendre la mer dans quinze jours.

– Voulez-vous dire que... commença Conrad Horn.

Le vicomte l'interrompit :

– Je veux dire, capitaine, que vos victoires vous permettent de prétendre au commandement de ce navire, baptisé l'*Invincible* par Sa Majesté !

Le capitaine Horn en resta muet de stupeur : se voir offrir un navire qui sortait à peine des chantiers, un deux-ponts équipé de canons capables de tirer des pièces de quarante-deux, voilà qui dépassait toutes ses espérances !

– Comment vous exprimer ma gratitude, milord ? demanda-t-il d'une voix tremblante d'émotion.

– Peut-être désirez-vous d'abord savoir quelle sera votre mission, répondit le vicomte avec un sourire mystérieux.

– Je devrai opérer en Méditerranée, j'imagine.

– Eh bien, détrompez-vous, répliqua le vicomte. C'est à Antigua que vous vous rendrez, capitaine.

Le capitaine Horn allait décidément de surprise en surprise.

– Nous avons deux raisons de vous envoyer là-bas, reprit le vicomte. La première est qu'il faut mettre un terme aux pertes qu'infligent à notre flotte les corsaires américains.

Conscient que Conrad Horn, qui venait de passer trois ans en mer, n'avait probablement jamais entendu parler de ce problème, le vicomte expliqua :

– Vous savez sans doute que pendant la guerre qui nous a opposés aux Etats-Unis, les effets du blocus ont été durement ressentis par les Américains.

– Très honnêtement, milord, je n'avais jamais imaginé que ce genre de sanction avait pu réellement affecter les Etats-Unis, répondit le capitaine Horn.

– Je crois au contraire que le blocus a entraîné la ruine de nombreux marchands américains. Mais ce n'est pas tout, capitaine : nous devons aussi prendre en considération le fait que ces navires corsaires ont servi de refuge à des hommes qui ont des raisons personnelles d'en vouloir aux capitaines de la Marine royale.

Conrad fronça les sourcils.

– Comment ça, milord ?

– Nos capitaines font parfois preuve d'une autorité tyrannique et la discipline de fer qu'ils font régner à bord n'est pas du goût de tous les hommes. Il n'y a donc rien d'étonnant à ce que certains cherchent à échapper à nos brigades d'enrôlement en s'engageant sur les navires américains où on leur offre de meilleures conditions de travail.

Le capitaine Horn pinça les lèvres. Il avait toujours déploré les méthodes de ces brigades qui forçaient des hommes à qui, généralement, on ne donnait même pas le temps de dire adieu à leur famille, à s'enrôler dans la marine. Il savait aussi que si lui avait toujours veillé à ce que ses hommes n'aient pas à souffrir des pouvoirs absolus dont il jouissait, certains capitaines n'hésitaient pas à en abuser en infligeant parfois des punitions d'une brutalité révoltante.

— Je crois que la guerre avec la France n'a fait que renforcer le malaise qui existe entre notre pays et les Etats-Unis, continua l'amiral en chef. Et nous avons sous-estimé le danger qui pèse sur nous en pensant que l'Amérique, avec seulement une flotte de sept frégates et une douzaine de sloops, ne se lancerait pas dans la guerre.

— Je n'ignore pas, milord, que le président Madison nous a déclaré la guerre en 1812, dit Conrad Horn, mais les hostilités ont pris fin l'année dernière, et je ne pensais pas que nous en subirions si longtemps les conséquences.

— Nous n'avions pas prévu en effet, admit l'amiral en chef, que des navires corsaires, très rapides, continueraient à attaquer les bâtiments de notre marine marchande qui assurent nos liaisons avec le Canada et les Antilles.

Sa voix se durcit :

— Ils ont même traversé l'Atlantique pour opérer au large des côtes anglaises et irlandaises, et jusqu'au cap Nord, où ils ont harcelé nos navires en route pour Arkhangelsk.

— Ils doivent avoir d'excellents bateaux, milord.

— Oui, et d'excellents équipages ! reconnut le vicomte. Leurs frégates, plus rapides et mieux conçues que les nôtres, sont manœuvrées par des équipages mieux entraînés.

– Je n'aurais jamais imaginé que ce fût possible ! s'exclama Conrad Horn.

– Les ravages commis par les corsaires américains au large des côtes écossaises et irlandaises au cours de ces trois dernières années ont créé un tel climat d'insécurité, répondit le vicomte, que le montant des primes exigées par la Lloyd pour assurer nos navires est devenu astronomique.

– C'est donc si grave ?

– Vous vous en rendrez compte bientôt en naviguant dans ces parages, rétorqua sèchement le vicomte. Les armateurs américains sont parvenus à doter leurs bâtiments de moyens de navigation si perfectionnés que les navires qui sortent de leurs chantiers sont capables de distancer toutes les frégates et tous les sloops de la Marine royale, et je ne parle pas des performances des courriers rapides des Antilles !

Le vicomte laissa à son interlocuteur le temps d'apprécier ces informations avant de poursuivre :

– L'approvisionnement des îles britanniques par ces voies maritimes est vital, capitaine Horn, et voilà pourquoi l'*Invincible* doit les protéger et nous débarrasser de la menace que ces corsaires font peser sur nous au mépris des traités de paix que nous avons signés avec les Etats-Unis.

– Je ferai de mon mieux, milord, assura le capitaine Horn avec détermination.

La perspective de commander un bateau flambant neuf, un deux-ponts, le remplissait d'aise.

Alors qu'il croyait l'entretien terminé, il eut la surprise d'entendre l'amiral en chef déclarer :

– Capitaine, je vous ai dit tout à l'heure que

nous avions deux raisons de vous envoyer à Antigua. Vous n'en connaissez encore qu'une.

– C'est vrai, milord.

– Vous ferez voile directement vers Antigua car vous prendrez à votre bord la future femme du gouverneur de l'île.

Après un instant de stupéfaction, Conrad Horn s'exclama d'une voix incrédule :

– Une femme ! Vous voulez dire, milord, que j'aurai une passagère ?

– Oui, capitaine, et je crois même que c'est une de vos parentes. Il s'agit de lady Delora Horn, dont le mariage avec lord Grammell a été arrangé par son frère, le comte de Scawthorn, qui se trouve lui-même à Antigua.

Cette information ne fit qu'accroître la consternation du capitaine. Cette fois, Conrad Horn n'en croyait pas ses oreilles. Non seulement, comme à tout bon capitaine, il lui semblait impensable de prendre une femme à son bord en temps de guerre, mais il s'agissait en outre d'une femme qui portait le même nom que lui et appartenait à une branche de sa famille pour laquelle il n'avait que haine et mépris.

Le grand-père de Conrad Horn était le frère cadet du troisième comte de Scawthorn. À la suite d'une querelle, les deux frères s'étaient lancés dans une véritable guerre intestine qui depuis divisait la famille en deux factions dont les membres se surveillaient sans jamais s'adresser la parole.

Le père de Conrad avait continué la lutte contre le quatrième comte de Scawthorn, son cousin germain, mais Conrad, lui-même devenu, très jeune, aspirant dans la marine, avait été trop souvent retenu en mer pour se sentir concerné par ces dissensions familiales. Il considérait d'ailleurs que des adultes avaient mieux à faire que de dépenser leur énergie en vaines querelles.

Toutefois, lorsqu'il avait rencontré, à Londres, l'actuel comte de Scawthorn, cinquième du nom, il avait bien été forcé de reconnaître qu'il ne pourrait jamais se réconcilier avec lui. Son cousin Denzil en effet s'était illustré dans sa jeunesse par son appartenance aux Bucks, ces voyous de la haute société unanimement condamnés par les gens respectables. Lorsqu'il avait hérité, à l'âge de vingt-deux ans, du titre et de l'immense fortune de son père, il ne s'était jamais occupé de la propriété familiale située dans le Kent. Il s'y rendait parfois pour y donner quelque fête somptueuse mais il passait la majeure partie de son temps dans la capitale à boire et à jouer en compagnie légère.

Dans les clubs qu'il fréquentait, son nom était toujours associé à quelque scandale que les dessinateurs humoristiques ne se privaient pas d'exploiter, avec d'autant plus de complaisance que ses principales victimes étaient les femmes qui avaient le malheur de faire sa connaissance.

Conrad, qui avait profondément honte de cette parenté, se risqua à demander :

– Je suppose, milord, qu'il n'y a pas d'autres possibilités pour lady Delora de se rendre à Antigua ?

– C'est le navire le plus sûr et le plus confortable sur lequel elle puisse embarquer, répondit le vicomte avec une nuance de sarcasme dans la voix.

– Et elle doit épouser le gouverneur d'Antigua, lord Grammell ?

– Oui, c'est exact.

– Il ne s'agit sûrement pas de ce lord Grammell qui a fait l'objet d'une enquête il y a une quinzaine d'années ?

– Vous avez bonne mémoire, capitaine. Si, il s'agit bien de lui. Lord Grammell doit avoir largement dépassé la soixantaine !

Conrad Horn fronça les sourcils. Si son cousin Denzil n'avait pas bonne réputation, celle de lord Grammell ne valait guère mieux. Il avait appris de différentes sources que la commission d'enquête créée en 1801 avait essentiellement retenu de lui que c'était un personnage agressif et hâbleur dont il valait mieux se méfier.

Que cet homme ait décidé de se remarier à son âge, et avec une femme sans doute de beaucoup plus jeune que lui, n'était pas pour le rendre plus sympathique, mais Conrad n'avait pas à se préoccuper du sort de ses cousins. Si lady Delora ressemblait à son frère, ce qui était probable, elle s'entendrait sûrement avec Grammell.

– Je pense avoir compris ce que vous attendez de moi, milord, assura-t-il, et je vous remercie, vous et toute l'Amirauté, d'avoir songé à moi pour cette mission de confiance. Je prierai le Ciel pour qu'il m'aide à la mener à bien.

– Je suis sûr que vous réussirez, capitaine Horn, dit le vicomte. Bonne chance !

Les deux hommes se serrèrent la main et Conrad Horn quitta la pièce avec la sensation de marcher sur un nuage.

Conrad Horn dut patienter jusqu'au soir pour serrer Nadine Blake dans ses bras. Il avait passé la journée dans différents services de l'Amirauté pour y recevoir des instructions détaillées et organiser son départ. Il devait quitter Londres le lendemain matin à la première heure pour gagner Portsmouth.

Ils échangèrent un long baiser et quand la jeune femme releva son visage vers le sien, il comprit qu'il avait longtemps attendu cet instant.

– Oh ! Conrad, mon chéri, je désespérais de te revoir un jour, murmura-t-elle. Je t'aime comme je n'ai jamais aimé personne. Cette séparation m'a paru interminable et il ne s'est pas passé de jour que je n'aie pensé à toi !

Conrad Horn lui sourit, légèrement ironique, et, estimant qu'ils avaient mieux à faire que de discourir, il la souleva dans ses bras et la porta jusqu'à la chambre à coucher.

Deux heures plus tard, allongé à côté de Nadine, dont les longs cheveux noirs brillaient sur la dentelle blanche des oreillers, Conrad demanda :

– Ai-je tort de penser que tu ne t'es pas ennuyée en mon absence ?

– Si je me conduis mal, c'est ta faute, répondit-elle, boudeuse. Tu n'as qu'à ne pas m'abandonner aussi longtemps. Mais je puis t'assurer, mon cher, mon merveilleux amant, qu'aucun homme ne me donne autant de plaisir que toi et que si tu ne me quittais pas aussi souvent tu n'aurais pas de rival.

– Tâchons donc de garder nos illusions l'un et l'autre, dit Conrad. C'est peut-être un bien que je reparte demain.

Nadine sursauta.

– Demain ! s'écria-t-elle. Ce n'est pas vrai ! Tu n'as pas eu la moindre permission en deux ans, l'Amirauté t'en doit bien une, maintenant.

– Ils m'ont donné mieux qu'une permission : un nouveau bateau, un deux-ponts baptisé l'*Invincible* !

Nadine poussa un petit cri.

– Oh, Conrad, c'est merveilleux ! Je suis heureuse pour toi. Mais moi, dans tout ça, qu'est-ce que je deviens ?

– Toi ? fit Conrad. Ce ne sont pas les admirateurs qui te manquent, à ce qu'on m'a dit.

– Qu'est-ce qu'on t'a dit ? demanda Nadine, sur la défensive.

Conrad Horn éclata de rire.

– Tu es beaucoup trop belle, ma chère, pour qu'on ne parle pas de toi.

– Serais-tu jaloux ?

– Cela changerait-il quelque chose ?

– C'est toi que je veux ! Jamais je n'ai désiré quelqu'un comme je te désire ! Peux-tu le comprendre ?

– Oui, Nadine, je comprends tout, répondit Conrad. Et si je restais à Londres, je sens que je serais capable de m'en prendre à ceux à qui tu accordes tes faveurs. C'est pourquoi je rends grâces à l'Amirauté, qui, dans sa grande sagesse, m'éloigne de toi.

– Quand dois-tu prendre la mer ?

– Dans quinze jours.

– Très bien, dit Nadine. Dans ce cas, je t'accompagne à Portsmouth où je resterai avec toi au moins une semaine. Je sais qu'après tu seras trop occupé pour penser à autre chose qu'à ton bateau.

– Je crois que ce serait une erreur... commença Conrad.

Mais Nadine, qui avait croisé ses doigts sur la nuque de Conrad, l'attira contre elle et lui ferma la bouche d'un baiser. Il ne chercha pas à lutter car il savait qu'elle avait raison. Après trois ans passés en mer, il avait bien droit à une semaine de vacances, et les vacances que

Nadine allait lui offrir seraient le meilleur des stimulants avant un nouveau départ.

Il avait fait la connaissance de Nadine Blake dans des circonstances dramatiques. George Blake était de ces officiers toujours impatients de descendre à terre pour se mettre en quête de bonnes fortunes, et toujours prêts, une fois remontés à bord, à raconter à leurs compagnons leurs succès amoureux.

Conrad ignorait qu'il était marié jusqu'au jour où, Blake ayant été tué au cours d'un combat, il fut chargé par son capitaine d'aller présenter ses condoléances à sa veuve et de lui dire le courage dont avait fait preuve son époux pendant la bataille.

En voyant Nadine Blake, Conrad oublia sa mission : jamais il n'avait rencontré femme plus fascinante. Avec ses cheveux de jais et ses yeux légèrement bridés aux prunelles vertes pailletées d'or, elle avait un charme exotique qui le séduisit immédiatement. Sa peau, d'une blancheur nacrée, son corps aux formes parfaites, sa voix aux intonations caressantes, tout en elle le subjugua.

À la façon dont Nadine parla de la mort de son mari, il comprit que l'événement ne lui avait pas brisé le cœur. Contrairement à la plupart des femmes d'officiers, elle ne se retrouvait pas sans ressources car elle était elle-même issue d'une famille riche. Elle possédait notamment une belle maison à la campagne où elle pouvait se retirer si elle désirait quitter Londres.

Mais elle ne le désirait pas, et quand il revint à terre un an plus tard, il entendit parler d'elle comme d'une des plus belles femmes d'une capitale qui en comptait pourtant beaucoup. Les regards entendus, les sourires discrets et les hochements de tête qui accompagnaient toute conversation dont elle était le sujet lui donnèrent envie de la revoir.

Il décida de profiter d'une permission de trois semaines qu'on venait de lui accorder à l'occasion de sa nomination sur une nouvelle frégate pour se présenter chez elle.

Elle l'accueillit à bras ouverts, et pendant trois semaines elle ferma sa porte à tous ses admirateurs. Conrad disparut ainsi de la scène londonienne, plongeant ses amis dans la plus grande perplexité.

Le désir qu'ils éprouvaient l'un pour l'autre était si violent que Conrad fut presque soulagé lorsqu'il fut forcé de rejoindre son bord. Il estima, avec sagesse, qu'une passion aussi brûlante ne pouvait être éternelle.

– Pourquoi faut-il que nous nous séparions ? Pourquoi dois-tu me quitter alors que nous sommes si heureux ? avait demandé Nadine d'une voix plaintive.

Mais Conrad savait que, malgré ses protestations, elle retournerait à ses habitudes mondaines dès qu'il serait parti. On se presserait pour le remplacer à la porte de la jeune femme dès que lui l'aurait refermée.

Pourtant, c'est le souvenir des ces trois semaines qui l'avait aidé à supporter les années éprouvantes qui avaient suivi. De savoir qu'à son retour, s'il avait la chance de rentrer, Nadine serait là lui avait permis de surmonter toutes les épreuves de la guerre.

Le lien qui les unissait était d'une nature très particulière. Ce n'était pas de l'amour, non, mais une attirance quasi magnétique qui allumait en eux un feu inextinguible.

Il avait de nouveau passé trois jours auprès

d'elle, avant de prendre le commandement du *Tigre*, et en la retrouvant ce soir-là il s'était rendu compte que le désir qu'ils avaient éprouvé l'un pour l'autre cinq ans plus tôt était demeuré intact.

— Je crois que tu es encore plus belle que la première fois que je t'ai vue, dit Conrad pensivement.

— Tu le penses vraiment ? demanda Nadine. J'ai quelquefois l'impression d'être déjà vieille.

— À vingt-cinq ans ?

— J'ai encore quelques belles années devant moi, reconnut-elle.

— Si tu ne brûlais pas la chandelle par les deux bouts, ces années pourraient être plus nombreuses encore.

— La prudence n'est pas mon fait, pas plus que le tien, répliqua-t-elle. Nous sommes tous les deux des impulsifs, des aventuriers, et les regrets ne sont pas pour nous.

Conrad dut admettre qu'elle avait raison. Il aimait à considérer la vie comme une aventure pleine de risques, et agissait en sorte que, à quelque moment que survienne la mort, personne ne puisse dire qu'il avait laissé échapper une seule des chances qui lui avaient été offertes.

— Peut-être serait-il sage, fit-il observer calmement, de te marier tant que les hommes se pressent encore pour déposer leur cœur et leur fortune à tes pieds.

Nadine eut un petit rire désabusé.

— Leur cœur, peut-être, répliqua-t-elle, mais la plupart d'entre eux se montrent beaucoup plus hésitants quand il est question de m'offrir un nom. J'ai d'ailleurs décidé depuis longtemps que je n'étais pas faite pour le mariage.

— Tu as tort, insista Conrad. Une femme a besoin d'un mari qui veille sur elle.

– Et un homme d'une femme ?

Elle sentit Conrad frissonner contre elle et éclata de rire.

– Je ne te vois vraiment pas mener une existence sédentaire et t'attacher à une femme pour la vie, remarqua-t-elle.

– Il se trouve pourtant que je suis attaché à toi depuis des années.

– Vraiment ? demanda-t-elle.

– Vraiment, même si cette fidélité peut paraître le résultat du peu d'occasions que j'ai eu de rencontrer d'autres femmes.

Nadine sourit. Conrad n'était pas homme à se satisfaire des étreintes vénales que pouvaient lui offrir les femmes qu'il rencontrait au hasard des escales.

– Tu es l'amant le plus adorable, le plus merveilleux qui soit, lui dit-elle. Mais un jour tu voudras un fils – quel homme n'en veut pas ? Alors tu épouseras une gentille fille douce et respectable, et moi...

Elle eut un geste de la main, comme si elle jetait quelques brindilles dans le vent.

– ... je continuerai à brûler la chandelle par les deux bouts, comme tu dis, et quand les deux flammes se confondront, tout sera consumé...

– Ce n'est pas encore pour maintenant. J'ai le temps de revenir des Antilles, observa Conrad.

– En effet; j'attendrai probablement jusque-là.

Elle se mit de nouveau à rire et il l'embrassa. Ses lèvres se firent exigeantes, violentes, comme s'il voulait faire des réserves de passion en prévision des longues nuits qu'il passerait en mer, quand la lune et les étoiles lui feraient regretter la douceur d'une bouche féminine.

Conrad Horn somnola pendant presque tout le trajet de Londres à Portsmouth malgré l'inconfort de la chaise de poste qui, si elle était tirée par de bons chevaux, était fort mal suspendue.

En dépit de son épuisement physique, son esprit était en pleine activité, stimulé par la pensée de l'*Invincible* qui l'attendait à quai. En songeant à tout ce qu'il aurait à faire avant de prendre la mer, il se rappela soudain qu'il lui faudrait aménager pour sa passagère l'espace qui lui était ordinairement réservé sur le gaillard d'arrière. L'idée de céder à cette femme, qu'il ne pouvait imaginer que désagréable, la cabine certainement très confortable prévue pour le capitaine d'un deux-ponts lui était odieuse.

Lady Delora, en outre, voyagerait sans doute avec un chaperon et une femme de chambre qu'il serait obligé d'installer dans les deux petites cabines jouxtant la sienne sur le gaillard d'arrière et qui servaient normalement de bureau pour le secrétaire et de logement pour le steward.

Cela supposait qu'il prenne, lui, la cabine du second sur le pont supérieur, que celui-ci à son tour déplace son sous-lieutenant, et ainsi de suite. Comme il n'y avait que six cabines sur le pont supérieur, l'officier le moins gradé devrait aller sur le faux-pont. Ces déménagements en cascade contraindraient un sous-officier à partager une cabine avec un de ses camarades, s'il ne voulait pas coucher dans le poste des aspirants déjà surchargé, ou dormir avec les hommes d'équipage qui accrochaient leurs hamacs entre les canons.

Conrad Horn n'ignorait pas que ces hommes, pour qui le navire était à la fois une maison, une école, un atelier, et quelquefois une prison, avaient un sens aigu de la hiérarchie qui doit régner à bord. Il maudit la femme qui, par sa simple présence, allait bouleverser toute l'organisation du navire et mettre en péril la discipline nécessaire à sa bonne marche.

Mais il oublia tous ces problèmes dès qu'il vit l'*Invincible*. Le bateau était à quai dans le port, et jamais plus beau spectacle ne s'était offert à lui.

La décoration de l'*Invincible*, pourtant, était d'une extrême sobriété. Quelques années auparavant, en effet, celle du navire royal avait provoqué un énorme scandale et depuis l'Amirauté veillait à ce que les sommes dépensées à cet effet demeurent dans des limites raisonnables afin qu'on ne puisse accuser la Marine royale d'extravagance.

On était en temps de guerre, et aucun marin ne devait l'oublier. Conrad estima que les chantiers navals avaient construit un bâtiment magnifique, conçu pour affronter la mer, et, par là, remarquablement beau, au sens strict du terme.

Quelques-uns de ses officiers étaient déjà à bord et avaient commencé à recruter l'équipage qui serait composé des volontaires qui s'étaient présentés pour partir sur le nouveau navire et d'hommes appartenant à d'autres bâtiments actuellement en réparation.

Conrad inspecta l'*Invincible* jusque dans ses moindres recoins, et ne trouva rien à lui reprocher. Ce n'est qu'à la fin de la visite qu'il se souvint de Nadine, qui devait arriver le jour même et s'installer dans la meilleure auberge de Portsmouth. Sur le moment il regretta presque d'avoir accepté sa proposition tant il était obnubilé par son nouveau navire. Mais, tout aussitôt, il reconnut qu'il aurait très peu de chose à faire avant son départ, les quelques détails encore à régler n'étant pas de son ressort mais de celui de ses officiers.

Il se rendit donc à l'auberge d'un pas allègre. Comme il s'y attendait, Nadine s'y était déjà installée. En bonne femme de marin, elle était capable de se recréer un foyer dans n'importe quelle chambre de n'importe quel port.

Quand il entra dans le salon – Nadine avait loué deux chambres communicantes dont l'une avait été transformée en salon par l'aubergiste, sur sa demande –, Conrad respira l'air déjà imprégné de la senteur exotique de son parfum qui se mêlait à celle des fleurs qui égayaient de leurs couleurs vives les coins sombres de la pièce.

Sans lui laisser le temps d'apprécier plus longuement le décor, Nadine se jeta dans ses bras.

Il l'embrassa comme un homme assoiffé boit l'eau d'une oasis après avoir marché pendant des heures dans le désert.

2

Quand il commença à s'habiller, Conrad Horn fut parcouru d'un frisson d'impatience en songeant à la journée qui l'attendait.

Une fois prêt, il s'admira dans la glace : une fine torsade d'or bordait le drap bleu de sa veste d'uniforme rehaussée de lourdes épaulettes à franges. Son regard s'attarda avec complaisance sur les trois lignes d'or qui indiquaient son grade de capitaine ayant déjà effectué plus de trois ans de commandement.

Il avait noué sa cravate de soie avec la précision qui lui était habituelle et la coupe de sa culotte de casimir blanc était irréprochable. Après cette rapide inspection, il prit son tricorne et ses gants qui lui parurent plus éclatants encore quand il les tint dans sa main à la peau hâlée par le soleil.

Il jeta un dernier regard autour de lui pour s'assurer qu'il n'avait rien oublié, et pensa soudain à Nadine : comme elle lui semblait loin déjà ! Il se rappela alors sa fureur lorsque, la veille, en demandant sa note à l'aubergiste, il avait appris que la jeune femme avait tout réglé à son arrivée. Il avait perçu ce geste comme une insulte. Puis, en y réfléchissant, il avait compris que son intention première était de rester plus longtemps et qu'elle avait oublié de lui en parler quand elle avait brusquement décidé d'écourter son séjour à Portsmouth.

Il se souvint du dernier matin qu'ils avaient passé ensemble. Il s'était réveillé à l'aube, heureux et détendu après une nuit d'amour. Aussitôt, alors qu'il baignait encore dans le délicat parfum et la tiédeur du corps de Nadine allongée tout contre lui, ses pensées étaient allées à son navire. Soudain, alors qu'il songeait au voyage qui l'attendait, aux corsaires contre lesquels il devrait se battre, il s'était aperçu qu'elle aussi était éveillée. Il avait passé son bras autour d'elle et s'était excusé :

– Je ne voulais pas te réveiller.

– Je ne veux plus dormir, avait-elle répondu. Je ne veux pas perdre une seconde du peu de temps qu'il me reste à passer avec toi. Car j'ai décidé de partir aujourd'hui.

– Aujourd'hui ? avait-il demandé, surpris. Mais il n'y a que quatre jours que tu es là.

– Ces quatre nuits et ces quatre jours furent merveilleux, avait-elle expliqué doucement, et je ne veux pas les gâcher, cher Conrad. Or je me sens devenir jalouse...

– Jalouse ?

Nadine avait émis un petit rire triste.

– S'il s'agissait d'une femme, je pourrais encore me battre et triompher, mais contre ce qui obsède ton esprit, accapare chacune de tes pensées, je n'ai aucune chance.

Conrad avait essayé de protester, mais elle avait posé un doigt sur ses lèvres pour le faire taire.

– Ne cherche pas de faux-fuyants, mon cher amour. Tu appartiens déjà à l'*Invincible* !

Ne sachant que répondre, Conrad l'avait tendrement embrassée sur le front, et elle avait poursuivi :

– Quand nous étions à Londres, je possédais ton corps et presque tout ton esprit. Ici, je possède toujours ton corps, mais c'est tout, et malgré l'immense besoin que j'en ai, il ne me suffit pas.

– Tu es vraiment décidée à t'en aller ? avait demandé Conrad en essayant de lui dissimuler le soulagement qu'il éprouvait, lui aussi, à l'idée de ce départ.

– Le prince Ivan m'a envoyé sa voiture. Ses chevaux sont splendides, et je veux que tu les voies, avait-elle répondu avec désinvolture. Et pour que je ne prenne pas froid sur la route, il a pensé à m'offrir une cape de zibeline d'une exceptionnelle beauté.

– Alors c'est moi qui devrais être jaloux.

Conrad lui avait pris le menton et l'avait forcée à le regarder. Même dans la lumière grise du petit matin, elle gardait tout son éclat, et en contemplant ses yeux pailletés d'or, sa bouche sensuelle, et ses cheveux noirs retombant en lourdes vagues sur ses épaules, il s'était dit qu'il y aurait toujours des hommes prêts à mettre leur fortune à ses pieds.

Une infinie tendresse avait adouci le regard de la jeune femme :

– Tu sais très bien que tu n'as pas à être jaloux. Et quand tu reviendras, couvert de gloire, je serai là pour t'accueillir.

– C'est bon de le savoir, avait dit Conrad. Je tiens à toi, et j'espère que tu t'en souviendras quand je serai loin.

Il avait parlé d'une voix vibrante d'émotion, mais Nadine avait répliqué en riant :

– Tu ne tiens pas à moi autant qu'à cet autre

dont je crains toujours de t'entendre prononcer le nom quand nous faisons l'amour.

– Si je prononce un jour un autre nom que le tien, Nadine, ce ne sera pas l'*Invincible*, mais l'*Incomparable*. Car tu ne ressembles à aucune autre femme, et le bonheur que j'ai connu auprès de toi pendant ces quatre jours ne peut se comparer à rien d'autre.

– Merci, avait simplement répondu Nadine. Et j'ai l'avenir devant moi. J'y penserai dans la voiture du prince en retournant à Londres.

Elle avait poussé un léger soupir, puis s'était reprise pour suggérer :

– Mais pourquoi ne pas profiter de ces derniers instants ?

Elle avait tendu ses lèvres à Conrad qui avait oublié l'*Invincible*.

Puis elle était partie, et il avait pu se consacrer entièrement aux préparatifs de son futur voyage.

Chaque jour de nouveaux problèmes se présentaient à lui et il lui arrivait de craindre que tout ne soit pas prêt à la date prévue.

Mais la veille, tout s'était mis en place comme par miracle : les vivres et les provisions d'eau douce avaient été apportés à bord, le dernier hamac avait été accroché dans la batterie, et c'était avec un sentiment de profonde satisfaction que Conrad Horn avait passé en revue l'équipage au complet. Sa satisfaction était d'autant plus légitime qu'il n'avait pas eu besoin d'avoir recours aux brigades d'enrôlement. Presque tous ceux qui avaient navigué avec lui sur le *Tigre* s'étaient rembarqués sur l'*Invincible*, et avaient été rejoints par des marins qui avaient travaillé avec lui sur d'autres navires. Tous les autres étaient des volontaires dont certains, les moins nombreux, mais les plus expérimentés, s'étaient engagés en pensant que la guerre tirait à sa fin et que seuls les équipages des bateaux les plus récents garderaient leur emploi quand la paix serait signée.

Quoi qu'il en soit le navire était paré et le capitaine et son équipage n'attendaient plus que le moment de prendre la mer.

Une seule ombre ternissait la joie de Conrad Horn, et c'était l'obligation qui lui avait été faite d'emmener une femme et qui plus est sa cousine.

Il se posait de nombreuses questions à son sujet et, entre autres, il se demandait quel âge elle pouvait bien avoir. Denzil, étant de deux ans son cadet, avait trente et un ans, et sa sœur devait donc approcher la trentaine. Si à cet âge-là elle n'était pas mariée, c'était sans doute parce qu'elle avait rebuté tous ses éventuels prétendants, ce qui lui donna à penser qu'elle avait le même caractère que son frère. Et, à l'idée que c'était à cette femme arrogante et dominatrice qu'il allait devoir céder sa cabine de capitaine, il sentit la colère gronder en lui.

Il se rasséréna en se disant qu'elle ne resterait pas à bord plus de vingt-cinq ou trente jours, le temps de la traversée, et qu'une fois arrivé à Antigua il pourrait arranger sa cabine comme bon lui semblerait, et profiter de la grande table qu'on y avait installée pour offrir à dîner à ses officiers.

Et après tout, la cabine du second, qu'il avait réquisitionnée, était plus grande et plus confortable que toutes celles qu'il avait occupées comme capitaine dans le passé. Il n'avait jamais été très à son aise sur une frégate, sa grande taille l'obligeant sans cesse à se courber, et c'était un plaisir nouveau pour lui que de pouvoir aller et venir sur l'*Invincible* sans risquer à la moindre inattention de heurter de la tête une poutre de chêne.

Quand il descendit dans le hall de l'auberge, Conrad trouva tout le personnel rassemblé pour lui dire adieu et lui souhaiter bonne chance.

– C'est un privilège de vous avoir reçu ici, capitaine, lui dit l'aubergiste avec une sincérité qui le toucha profondément.

Les servantes s'inclinèrent devant lui, et il serra la main du maître d'hôtel et des serveurs avant de sortir. Quand il monta dans la voiture de location qui devait l'emmener au port, il eut la conviction qu'une nouvelle vie commençait pour lui.

C'était une froide journée et le vent soufflait de la mer avec violence. Il avait plu toute la nuit et les chevaux avançaient lentement dans les rues pleines de boue.

En apercevant les mâts de l'*Invincible*, Conrad souhaita que « cette fichue bonne femme », comme il l'appelait, n'ait pas été trop retardée, car il voulait quitter le port avec la première marée du matin.

Malgré l'heure matinale et le froid une petite foule se pressait sur le quai pour le voir s'embarquer. Il fut heureux de constater une fois de plus que ses victoires sur le *Tigre* avaient fait de lui un personnage pour qui l'on se déplaçait sans souci des intempéries.

Le navire était amarré non loin du quai où une barque bleue l'attendait pour le mener au bateau.

Quand il monta à bord, il fut accueilli, selon les règles établies par l'Amirauté, par les maîtres d'équipage et les marins en gants blancs, puis il monta sur le gaillard d'arrière où ses officiers s'étaient réunis pour le saluer.

Il les avait vus la veille, mais aucun d'eux n'avait voulu manquer aux règles établies. Ce n'était qu'à la fin de ce cérémonial que Conrad prendrait officiellement possession de l'*Invincible*, en commençant par une inspection générale qu'il accomplirait aussi scrupuleusement que s'il voyait le navire et son équipage pour la première fois.

Conrad pouvait déjà appeler par leurs noms bon nombre de ses hommes et il était bien décidé à apprendre celui des autres avant que l'*Invincible* n'ait quitté la Manche. Son excellente mémoire lui permettrait au bout de quelques jours de connaître la situation de famille de chacun de ses marins et de distinguer parmi eux ceux qui se seraient révélés les plus efficaces à la manœuvre.

Quand il eut terminé son tour d'inspection, il invita son second, le lieutenant Deakin, qui avait déjà navigué avec lui sur le *Tigre*, à le rejoindre dans sa cabine où son steward personnel, Barnet, les attendait avec un verre de porto. Il enleva son chapeau et s'assit dans un large fauteuil de cuir après avoir offert à Deakin un siège en face de lui.

— Je n'arrive pas à y croire, répéta le lieutenant pour la centième fois au moins en quinze jours.

Il s'arrêta puis, devant le silence de Conrad, reprit :

— Je pensais bien qu'on vous donnerait un bon bateau, mais je n'aurais jamais osé espérer une telle aubaine : un de nos nouveaux deux-ponts !

— Nous avons beaucoup de chance, reconnut Conrad. Mais nous devons maintenant prouver que nous la méritons. Malheureusement, il nous faudra attendre pour cela d'avoir déposé notre passagère à Antigua.

Croyant déceler une certaine surprise dans le regard de Deakin, il expliqua :

– Nous pouvons difficilement chercher le combat tant que nous avons une femme à bord !

– Évidemment, admit Deakin. Mais j'ai entendu dire qu'on rencontrait encore quelques navires français dans cette partie du monde. Et s'il nous arrivait, par hasard, d'en croiser un, nous ne pourrions quand même pas prendre la fuite.

Avec une expression amusée, et presque d'envie, Conrad répondit :

– Ce serait en effet impensable ! Espérons seulement que Sa Seigneurie ne se plaindra pas trop du bruit des canons !

Deakin se mit à rire, puis, sachant que son capitaine avait mis dans ce voyage les mêmes espoirs que lui, il leva son verre :

– Au capitaine Horn ! Puissent son nouveau bateau et lui mériter réellement le surnom d'Invincibles !

Il faisait sombre, et les lumières de l'*Invincible* miroitaient sur les eaux noires et agitées du port, quand le guetteur du gaillard annonça enfin :

– Les voilà, capitaine !

Conrad, qui faisait les cent pas sur le pont depuis plus d'une heure, scruta le quai. Il parvint tout juste à distinguer les lanternes de ce qui lui sembla être un magnifique carrosse. Quatre chevaux s'arrêtèrent bientôt devant l'embarcation où six matelots de l'*Invincible* avaient attendu plusieurs heures, dans le vent glacé.

– Maudite femme ! Il est bien temps ! grommela Conrad à voix basse.

Malgré son soulagement, il eut du mal à faire taire son indignation et à ne pas montrer sa colère devant le représentant du Foreign Office qui précéda lady Delora quand elle monta à bord. C'était un homme d'âge mûr, qui lui tendit la main en disant :

– Je regrette d'arriver maintenant, capitaine Horn, mais nous avons accumulé les contretemps. J'espère seulement que cela ne vous retardera pas trop.

– Vous êtes là, sains et saufs, c'est l'essentiel, réussit à articuler Conrad, en essayant de ne pas se montrer trop sarcastique.

Il n'avait pas hésité un instant à imputer ce retard à lady Delora, supposant que, comme la plupart des femmes, elle n'avait pas été prête à temps, imaginant même qu'elle avait pu faire en route une crise de nerfs qui avait obligé le cocher à s'arrêter.

– Je m'appelle Julius Frobisher, dit le représentant du Foreign Office, et le vicomte de Castlereagh m'a demandé de vous transmettre ses félicitations pour votre nouvelle promotion, capitaine Horn. Il vous remercie par avance du soin que vous prendrez de lady Delora jusqu'à Antigua et de lui assurer sécurité et confort à votre bord.

– Merci, monsieur Frobisher, répondit Conrad. Je suis moi-même sincèrement reconnaissant au Foreign Office de l'honneur qu'il me fait.

Une silhouette enveloppée d'un épais manteau apparut aux côtés de M. Frobisher.

– Permettez-moi, milady, de vous présenter le capitaine Conrad Horn, dit M. Frobisher.

Le vent emporta ses paroles et il retint son haut-de-forme à deux mains pour qu'il ne s'envole pas.

La femme serra frileusement son manteau contre elle.

– Je crois, monsieur, qu'il vaudrait mieux conduire directement Sa Seigneurie à ses appartements, dit Conrad.

– Certainement, certainement ! s'exclama M. Frobisher.

Une petite procession se forma derrière le capitaine, lady Delora et Julius Frobisher en tête, précédant une femme qui n'avait pas été présentée à Conrad mais qu'il supposait être le chaperon de sa cousine, elle-même suivie par la femme de chambre, une personne âgée dont la marche était ralentie par la valise de cuir qu'elle portait avec un luxe de précautions qui semblait indiquer que son contenu avait une grande valeur.

Ils traversèrent le gaillard d'arrière et entrèrent dans la cabine qui aurait dû être celle de Conrad.

Alors qu'il s'effaçait pour laisser passer lady Delora, un jeune matelot s'avança derrière lui.

– Excusez-moi, capitaine, dit-il à voix basse, mais l'officier d'artillerie veut vous parler de toute urgence.

Conrad estima qu'un officier n'aurait pas pris la responsabilité de le déranger à cet instant précis s'il ne s'était effectivement agi d'une affaire importante. Il se tourna vers Deakin.

– Remplacez-moi, lieutenant.

– À vos ordres, capitaine.

Deakin, qui n'était jamais pris de court, suivit les trois femmes dans la cabine tandis que Conrad se hâtait vers le pont inférieur.

L'officier d'artillerie expliqua au capitaine qu'il manquait des munitions dans le magasin et qu'il ne voulait pas prendre le risque que le bateau parte sans qu'elles aient été embarquées. En fait, le problème était moins grave qu'il n'y paraissait : elles avaient simplement été mal rangées. Mais Conrad ordonna qu'on les fasse rechercher et il fallut plus d'une heure pour les retrouver.

Quand tout fut en ordre il estima qu'il était trop tard pour aller présenter ses respects à lady Delora. Deakin lui assura d'ailleurs que leurs passagères étaient bien installées.

Sa Seigneurie était si fatiguée par le voyage qu'elle avait souhaité se coucher immédiatement, et n'avait même pas touché au repas préparé à son intention.

Quant à M. Frobisher, il était déjà redescendu à terre.

– La vérité, capitaine, lui dit Deakin avec un sourire, c'est que les mouvements du bateau l'incommodaient et qu'il n'avait qu'une envie : se retrouver le plus vite possible dans la chambre qu'il avait réservée à l'auberge.

– Il faudra que je lui fasse transmettre mes excuses, remarqua Conrad.

Un éclair malicieux passa dans les yeux de son second.

– Je crois, capitaine, qu'il était si heureux d'être parvenu au terme de sa mission qu'il ne tenait pas lui non plus à prolonger les adieux.

– Eh bien, dans ces conditions, nous voici prêts à partir.

Il avait donné l'ordre de lever l'ancre et le navire sortit lentement du port. Conrad pouvait espérer que si le vent se maintenait, ils profiteraient de la marée, et atteindraient l'Atlantique avant la nuit suivante.

Il se retira dans sa cabine pour dormir quelques heures et se leva avant l'aube. Un vent régulier les poussait vers le large et il s'abandonna à la vague de bonheur qui déferlait sur lui.

Mais il savait aussi que le travail n'allait pas

manquer lors de ces premiers jours de mer. C'était à lui qu'il appartenait de renforcer la cohésion de l'équipage, de les habituer à coordonner tous leurs gestes, et de les entraîner au tir. De la bonne manœuvre des voiles dépendaient la vie du bateau et la leur.

Conrad remercia le Ciel d'avoir Deakin avec lui. Le lieutenant était un passionné de navigation. C'était lui qui, sur le *Tigre*, avait réussi à faire dresser les mâts de hune dans le temps record de onze minutes cinquante et une secondes et hisser les voiles en vingt-quatre minutes sept secondes.

Conrad espérait qu'ils obtiendraient des résultats similaires avec leur nouvel équipage, malgré une voilure beaucoup plus importante et plus complexe, et des toiles neuves, donc plus difficiles à manier.

La matinée passa comme un éclair, et ce n'est qu'en entendant la cloche du navire sonner midi qu'il se souvint de sa passagère.

Honteux, malgré tout, de ne pas avoir fait demander de ses nouvelles, il envoya son steward personnel, qui naviguait avec lui depuis des années, demander à lady Delora si elle voulait bien le recevoir. Quelques instants plus tard, Barnet vint lui annoncer que lady Delora serait ravie de l'accueillir dans sa cabine. Malgré le malaise qu'il sentit monter en lui à l'idée de cette rencontre, Conrad quitta la plage avant du navire et se dirigea vers le gaillard d'arrière.

La femme de chambre l'attendait devant la porte de la cabine. Avec son visage décharné et presque menaçant, ses cheveux gris ramassés sous un bonnet impeccable et son petit tablier blanc amidonné sur sa robe noire, elle était l'image même de la femme de chambre stylée.

Conrad constata avec un léger sourire qu'elle avait couvert ses épaules d'un châle de laine noire, seule concession qu'elle semblait avoir accordée au froid qui régnait.

Elle s'inclina rapidement devant lui, comme pour lui montrer que les capitaines de la marine ne l'impressionnaient pas particulièrement, et ouvrit la porte pour l'annoncer :

– Le capitaine Conrad Horn, milady.

Son tricorne à la main, Conrad entra dans la cabine.

Un rayon de soleil perçait à travers les nuages et illuminait les cheveux blonds de la jeune femme qui se tenait près du hublot. Quand elle se retourna vers lui, Conrad crut être l'objet d'une illusion. Alors qu'il s'attendait à voir une femme mûre, au visage déjà marqué par la débauche, il se trouvait en présence d'une toute jeune fille, à peine sortie de l'adolescence, qui ne ressemblait en rien à son frère.

Denzil Horn avait un long nez pointu et des yeux trop rapprochés. Mais les yeux qui venaient de croiser les siens étaient du bleu profond de la mer, bien écartés, et le fixaient d'un regard interrogateur. Avec sa silhouette mince aux courbes douces et son petit visage ovale, lady Delora était plus que jolie : tout en elle respirait l'innocence. Cette pureté que Conrad avait vainement cherchée chez toutes les femmes qu'il avait rencontrées, il fallait qu'il la trouve chez la sœur du cinquième comte de Scawthorn...

Ils restèrent un moment immobiles, face à face, puis, comme si elle se souvenait brusquement des gestes à accomplir en de telles circonstances, lady Delora s'inclina.

– Je crois que nous sommes parents, capitaine Horn, dit-elle d'une petite voix musicale, avec une légère hésitation qui trahissait sa timidité.

– Cousins issus de germain, en effet, milady.

– Je dois vous avouer que je suis heureuse de faire enfin votre connaissance.

Conrad prit dans la sienne la main qu'elle lui tendait. Cette main était petite et douce, mais serra la sienne avec une indéniable énergie. Horn se flattait de pouvoir juger n'importe qui sur une poignée de main. Certaines mains étaient lourdes et molles, tandis que d'autres, comme celle de lady Delora, vibraient, chargées de personnalité.

– Je sais que j'occupe votre cabine, lui dit-elle, et je regrette le dérangement que provoque ma présence à bord. Il doit être désagréable pour un capitaine de renoncer à ses prérogatives, surtout quand, comme vous, il commande un bateau qui effectue son premier voyage.

Conrad, surpris par la délicatesse d'une telle pensée, ne voulut pas se montrer moins courtois que sa passagère.

– Ce fut un plaisir de vous la céder, milady, répliqua-t-il.

Il y eut un nouveau silence et ce fut elle qui le rompit.

– Je vous ai attendu, ce matin. J'espérais que vous pourriez me faire visiter le navire.

– Cette visite se fera, répondit Conrad, mais un peu plus tard.

– Quand vous voudrez, capitaine, et...

Elle s'interrompit brusquement, comme si elle craignait de se montrer indiscrète, et détourna son regard.

– Qu'alliez-vous dire, milady ? insista Conrad.

– Peut-être ne devrais-je pas... tout au moins pas encore.

– Mais si, dites toujours.

Elle eut un petit rire gêné.

– J'allais vous proposer, puisque nous sommes cousins, d'être moins cérémonieux l'un envers l'autre. Mais M. Frobisher m'a expliqué qu'en tant que capitaine de ce navire, vous étiez quelqu'un de très important, d'inabordable même... Mais peut-être aurais-je dû garder cela pour moi ?

– Mais non, bien sûr, répondit Conrad.

À ce moment-là, le navire eut un léger mouvement et comme elle tendait le bras en avant pour garder son équilibre, il proposa :

– Nous ferions peut-être mieux de nous asseoir. Il faut quelquefois du temps pour avoir le pied marin.

Elle sourit et se dirigea vers un petit divan installé contre la cloison, à l'autre bout de la cabine.

– J'ai déjà eu l'occasion de prouver, mon cousin, que j'avais le pied marin, mais je ne peux malheureusement pas en dire autant de la pauvre Mme Melhuish qui avait déjà le mal de mer avant même que nous n'ayons quitté le port !

– Vous m'en voyez désolé, dit Conrad très sérieusement.

– Elle n'aurait jamais dû venir avec moi, lui expliqua lady Delora. Mais elle a une peur bleue de mon frère, et elle sait que sa place de chaperon dépend de son bon vouloir.

Conrad ne fit aucun commentaire, préférant ne pas aborder le sujet de son cousin Denzil. Toutefois, il était si surpris par l'absence totale de ressemblance entre le frère et la sœur qu'il ne put s'empêcher d'observer :

– Je dois vous avouer que je m'attendais à ce que vous soyez beaucoup plus âgée que vous ne semblez l'être. C'est la conséquence de la querelle qui sépare nos familles depuis deux générations. Nous ne savons plus rien les uns des autres. J'ignore non seulement l'âge de mes cousins mais même leur nombre exact.

Lady Delora sourit.

– Mon père m'avait raconté la guerre que s'étaient livrée nos grands-pères. Mais je crois qu'il ne savait même plus comment elle avait commencé.

– Ces haines familiales semblent un peu ridicules, aujourd'hui, reconnut Conrad. Il a fallu, chère cousine, des circonstances bien particulières pour que nous soyons amenés à nous rencontrer.

En prononçant ces mots, il songea à la mission qu'on lui avait confiée et à l'homme répugnant qui attendait la jeune fille de l'autre côté de l'océan pour en faire sa femme...

Comme si elle lisait dans ses pensées, lady Delora rougit, et une expression de terreur passa dans son regard.

– Je vous en prie, lui dit-elle, je... préférerais ne pas... en parler.

– Bien sûr, je vous comprends, s'excusa Conrad. Croyez bien que je ne cherche pas à m'immiscer dans des affaires qui ne me regardent pas.

Il s'était exprimé d'une voix froide, soudain repris par le sentiment de mépris qu'il portait au frère de cette jeune fille qui, malgré des apparences trompeuses, ne devait pas être bien différente de tous les Horn que son père et son grand-père lui avaient recommandé d'éviter.

Comme il esquissait un mouvement pour se lever, elle tendit la main et lui demanda très vite :

– Non, je vous en prie... restez. J'aimerais... vous parler. Vous savez, je suis tellement heureuse de vous... rencontrer, vous, mon cousin.

Conrad voulut répliquer, mais elle ne lui en laissa pas le temps.

– J'ai suivi tous vos exploits en Méditerranée. Les journaux rapportaient des faits tellement extraordinaires sur vous que, déjà en les lisant, j'avais envie de faire votre connaissance. C'est ensuite que j'ai appris que vous commanderiez le navire qui allait m'emmener à... Antigua.

À ce point de la conversation, Conrad aurait aimé pouvoir l'interrompre pour lui poser toutes les questions qui l'obsédaient : pourquoi avait-elle accepté ce mariage, avec un homme qui aurait pu être son grand-père, et surtout pourquoi, alors que la guerre lui fournissait une excellente excuse pour rester en Angleterre, avait-elle décidé d'entreprendre ce long et périlleux voyage ?

Mais il s'en abstint, se souvenant que, quelques instants plus tôt, elle s'était dérobée quand il avait abordé ce problème personnel.

De retenir toutes les questions qui se pressaient sur ses lèvres lui donna un air distant, presque sombre, qui fit dire à lady Delora d'une voix presque suppliante :

– Pardonnez-moi... je ne voudrais pas... que vous vous mépreniez sur le sens de mes paroles.

– Je crois qu'il serait peut-être plus sage d'oublier nos liens de parenté, dit lentement Conrad, et d'agir l'un envers l'autre comme si nous étions des étrangers, ce que nous sommes en vérité. Laissez-moi simplement vous assurer que je ne manquerai à aucun de mes devoirs d'hôte pendant cette traversée.

Quand il se tut, il vit les mains de lady Delora se crisper l'une contre l'autre et elle lui jeta un regard implorant, comme si elle craignait qu'il n'interprète mal ce qu'elle s'apprêtait à lui demander :

– Je... j'avais espéré... puisque nous étions... cousins... que nous pourrions être... amis.

– Mon amitié vous est acquise, répliqua Conrad, tout au moins pendant le temps que durera ce voyage.

Il ne se faisait guère d'illusions sur les chances qu'ils auraient de rester amis une fois arrivés à Antigua lorsqu'il la laisserait à son frère ou au fiancé qui l'attendait.

– Et il est naturel que des amis s'entraident, n'est-ce pas ?

– Dans la mesure du possible, oui.

Lady Delora marqua un temps d'arrêt, puis elle reprit, comme si les mots lui brûlaient les lèvres :

– Alors, s'il vous plaît, mon cousin, puisque vous acceptez d'être mon ami, pourriez-vous m'apprendre à me montrer aussi... courageuse que vous ?

L'espace d'une seconde, Conrad crut qu'il avait mal entendu. Sortant de sa réserve, il ne put s'empêcher de demander :

– Mais de quoi avez-vous peur ?

Leurs regards se croisèrent, et il sut ce qu'elle allait dire avant même qu'elle n'ait ouvert la bouche.

– De... d'épouser un homme que je n'ai jamais... vu, dit-elle presque dans un murmure.

Conrad se raidit.

– Un homme que vous n'avez jamais vu ? répéta-t-il. Mais alors, pourquoi diable avez-vous entrepris cette longue traversée ?

– Parce qu'il le fallait, répondit-elle. Je n'avais pas le choix, mais j'ai peur, affreusement peur.

3

Conrad fixa un moment lady Delora comme s'il doutait encore de sa sincérité. Puis d'une voix plus chaleureuse qu'auparavant, il suggéra :

– Si vous me racontiez tout depuis le début Vous pourriez commencer par m'expliquer pourquoi vous êtes tellement plus jeune que votre frère.

Lady Delora parvint à maîtriser son émotion, et dit calmement :

– Denzil n'est que mon demi-frère.

En voyant l'expression de surprise de Conrad, elle précisa :

– Mais j'ai été élevée comme une enfant unique, car ma mère ne s'est jamais vraiment remise de ma naissance et elle n'a jamais pu avoir d'autre enfant.

– Qui était votre mère ?

– Elle était américaine, et je crois que papa l'avait épousée pour sa fortune.

Cette remarque ne fit qu'augmenter la surprise de Conrad, mais elle ne lui laissa pas le temps de l'interrompre et poursuivit :

– Je ne connais pas ma famille américaine, mais je suis sûre qu'elle était ravie de cette alliance avec un aristocrate anglais, et maman était trop jeune pour protester.

– Comme vous, fit observer Conrad.

– C'est vrai ! répondit Delora. Et c'est pour ça que...

Mais elle s'interrompit, comme si elle craignait d'embarrasser Conrad par ses confidences, et ce fut lui qui, au bout de quelques secondes, reprit :

– Étant donné les circonstances, je crois que nous ferions mieux de nous parler en toute franchise. Je veux connaître votre situation exacte; entre parents, il n'y a pas à craindre de se montrer indiscret en confiant ses sentiments.

– J'aimerais en effet me confier à vous, avoua Delora, car je crois que vous êtes un homme bon et compréhensif. Je l'avais déjà deviné en lisant dans les journaux que vous refusiez d'appliquer sur votre bateau les châtiments barbares auxquels ont recours d'autres capitaines.

– J'essaie, en effet, dit Conrad. Et si vous vous confiez à moi, Delora, je m'efforcerai de comprendre vos problèmes et vous aider à les résoudre.

Le visage de la jeune fille se détendit.

Quelques instants plus tard, elle lui fit un récit qui ne faisait que confirmer ce qu'il savait déjà de la famille Horn.

Après la naissance de Denzil, le comte désespérait d'avoir un autre enfant. Sa femme était d'une santé fragile et la vie qu'il la forçait à mener n'avait fait qu'aggraver son état d'épuisement physique et moral.

Le comte aurait pourtant voulu avoir d'autres fils : il s'était rendu compte que Denzil, d'une nature indisciplinée et violente, n'était pas l'héritier idéal. Il avait déjà deviné chez l'enfant le futur débauché et craignait qu'il ne mourût au cours d'un duel ou victime d'un accident à la suite d'une beuverie quelconque. Dans ce cas-là, il n'y aurait plus personne pour lui succéder.

Aussi la mort de sa femme lui apparut-elle comme une délivrance et il s'empressa de se mettre en quête d'une épouse jeune et de bonne constitution susceptible d'assurer sa descendance.

La fortune du comte était immense, ce qui ne l'empêchait pas d'être cupide. Quand il apprit que l'une des plus riches héritières américaines venait à Londres, il décida qu'elle pourrait bien être l'épouse parfaite.

En grandissant, Delora avait compris que sa mère vivait dans la terreur des réactions d'un mari qui lui paraissait extrêmement vieux. Comme la première épouse du comte, après avoir essayé de lutter quelque temps contre sa peur, elle s'abandonna au malheur. Elle se sentit peu à peu vidée de toute énergie et finit par vivre cloîtrée dans sa chambre, accordant à son bourreau tout ce qu'il lui demandait sans opposer la moindre résistance.

– Maman était une femme intelligente, expliqua Delora, qui avait reçu une excellente éducation et continuait à lire énormément. Mais dès qu'elle essayait d'émettre un avis, sur quelque sujet que ce fût, ou bien on ne l'écoutait pas, ou bien on la traitait de folle. Progressivement elle en vint à ne plus parler à personne d'autre qu'à moi.

Sa voix se brisa dans un sanglot, mais elle poursuivit :

– Je crois lui avoir donné les seuls instants de bonheur qu'elle ait eus à l'époque. Nous passions ensemble de longues heures, à rire et à bavarder. Mais si par hasard papa entrait dans la chambre, maman retombait sur ses oreillers et fermait les yeux comme si sa vue lui était insupportable.

Plus jeune et plus forte que la première femme du comte, la mère de Delora mit beaucoup plus longtemps à mourir. Quand Delora perdit sa mère, le quatrième comte de Scawthorn était déjà mort depuis un certain temps et Denzil avait hérité du titre.

– Comme il vivait à Londres, expliqua la jeune fille, je ne le connaissais pratiquement pas. Un jour, pourtant, peu de temps après la mort de papa, il a donné une fête à la maison, pour ses... amis.

Elle ne put réprimer un frisson d'horreur à ce souvenir. Conrad n'avait pas besoin de lui demander de précisions supplémentaires pour savoir quels étaient les « amis » de son cousin Denzil. Bien qu'elle ne fût encore qu'une enfant à l'époque, Delora avait dû souffrir de la présence de ces débauchés et de leurs compagnes, et elle avait pu noter le soulagement des domestiques et de sa gouvernante quand le comte et ses invités étaient repartis pour Londres.

Il était revenu plus tard, en proie à une vive colère dont elle ignorait les motifs mais il s'empressa de les lui expliquer.

La mère de Delora, de son vivant, touchait d'énormes revenus qui, de par la loi, étaient laissés à l'entière disposition de son mari, sans qu'elle pût exercer le moindre contrôle sur ses dépenses.

Son capital, cependant, était géré en Amérique par les administrateurs de la fortune de son père qui, à sa mort, avaient décidé d'accorder à Delora une pension couvrant largement ses besoins personnels. Mais ils avaient refusé de lui envoyer des sommes importantes tant qu'elle ne serait pas mariée. Ce serait alors son époux qui disposerait de sa fortune.

– Vous comprenez maintenant pourquoi Denzil m'oblige à me marier.

Après une brève hésitation, elle ajouta :

– Il m'a dit ouvertement qu'il avait l'intention de me faire épouser un homme qui accepterait de partager ma fortune avec lui.

Conrad serra les lèvres. Il avait toujours méprisé son cousin Denzil, mais il lui semblait inconcevable qu'il pût être assez ignoble pour livrer une innocente jeune fille, qui plus est sa propre sœur, à un homme de la réputation de lord Grammell.

– Quand Denzil m'a écrit que je devais immédiatement me rendre à Antigua pour y épouser lord Grammell, continua Delora, j'ai cru que je n'étais pas obligée de lui obéir.

– Qu'avez-vous fait alors ?

– Je lui ai fait savoir que je n'épouserais pas un homme que je n'avais jamais vu et que nous pourrions reparler de ce mariage après la fin de la guerre, à son retour d'Antigua.

– Ce qui était raisonnable, approuva Conrad. Et qu'a-t-il répondu à cela ?

Delora soupira.

– Il a envoyé un représentant du Foreign Office m'expliquer que lord Grammell étant gouverneur d'Antigua et Denzil mon tuteur, je devais me soumettre aux décisions qui avaient été prises à mon sujet. Et il me remit une lettre de Denzil.

– Que contenait-elle ? demanda Conrad.

Il lui sembla que Delora aurait préféré ne pas avoir à répondre à cette question. Mais il jugeait indispensable qu'elle le fît et il l'encouragea du regard. La jeune fille lui expliqua alors d'une voix sourde :

– Il menaçait de fermer la maison et de…« me mettre à la rue ». Ce sont ses propres termes. Il précisait que la loi l'autorisait à m'empêcher de toucher l'argent qu'on me faisait parvenir d'Amérique et qu'il renverrait tous les domestiques qui s'étaient occupés de moi, ma femme de chambre, ma gouvernante, mes professeurs, sans leur verser un centime !

– Je n'arrive pas à y croire ! Comment un homme peut-il s'abaisser à d'aussi viles manœuvres ? murmura Conrad.

– Je ne pouvais pas laisser la pauvre Mme Melhuish et Abigaïl mourir de faim, dit Delora. Et tous nos domestiques étaient trop vieux pour espérer retrouver du travail ailleurs.

Elle eut un geste d'impuissance.

– Voilà pourquoi j'ai dû... accepter... de me rendre à Antigua. Vous me comprenez, n'est-ce pas ?

– Bien sûr ! répondit Conrad avec chaleur. Mais je ne vois pas comment je pourrais vous aider à échapper au sort qui vous attend au terme de ce voyage.

Sa cousine le fixait avec l'expression confiante d'un petit enfant qui croit qu'un adulte peut résoudre tous ses problèmes, et il se dit avec tristesse qu'il allait sans doute la décevoir, mais qu'il était incapable de trouver une solution.

– Je suis heureux que vous vous soyez confiée à moi, chère cousine, lui dit-il néanmoins d'une voix rassurante, et je vous promets de faire tout ce qui est en mon pouvoir pour vous aider.

Et il ajouta avec un sourire :

– Nous avons au moins vingt-quatre jours – c'est le temps qu'il a fallu à lord Nelson pour atteindre les Antilles – pour réfléchir, et je suis sûr que l'un de nous deux aura bien une idée.

– Vous, peut-être, et je prierai pour ça ! répondit Delora. Moi, je n'ai cessé de retourner le problème dans ma tête et j'ai longuement prié, et j'ai toujours abouti à la même conclusion : je ne peux rien contre les amis de Denzil qui sont des gens terrifiants. Je sais en outre que lord Grammell a soixante-six ans. C'est l'envoyé du Foreign Office qui me l'a dit.

– C'est à peu près ce que j'avais calculé, confirma Conrad d'une voix dure.

Delora avait baissé les yeux et fixait ses mains en silence. Conrad devina qu'elle ne lui avait pas encore tout dit.

– Si vous me racontiez ce que vous avez appris sur l'homme que votre frère veut vous faire épouser ? suggéra-t-il avec douceur.

– Quand Denzil m'a écrit, la première fois... pour m'enjoindre d'aller à Antigua, expliqua Delora d'une petite voix hésitante, avant de refuser je suis allée voir le lord-lieutenant du Kent.

– Et vous lui avez demandé ce qu'il pensait de lord Grammell ?

– Oui, mais je ne lui ai pas précisé les raisons de ma démarche. Je... j'ai juste demandé à lord Rowell ce qu'il savait... de lui.

– Et que vous a-t-il répondu ? demanda Conrad.

– Lord Rowell a toujours été très bon pour moi, et maman l'aimait beaucoup, je savais donc que je pouvais lui faire confiance.

– Que vous a-t-il répondu ? insista Conrad.

Après un instant de silence, Delora reprit à voix basse :

– Il m'a dit : « Seigneur, mon enfant ! Pourquoi vous soucier de cet abominable personnage ? Ce n'est qu'un débauché qui ne franchira jamais le seuil de ma maison ! »

– Avez-vous donné alors à lord Rowell la raison de votre démarche ?

Delora secoua la tête.

– J'ai pensé à lui demander de m'aider... mais je savais qu'il ne pourrait... rien faire. Il n'aime pas Denzil et Denzil ne l'aime pas. Je craignais que mon frère ne soit mis au courant de notre conversation et ne m'interdise de le revoir, et j'ai... très peu d'amis.

Conrad n'en doutait pas, et il savait que tous les notables du Kent auraient fermé leur porte à Denzil s'ils avaient eu vent de sa conduite scandaleuse, et les conséquences de cet ostracisme seraient alors retombées sur sa demi-sœur.

– Je suppose que vous avez été présentée à la cour. Quand et comment cela s'est-il passé ?

– Il n'en avait jamais été question avant que Denzil ne décide de me faire épouser le gouverneur d'Antigua. Mais lorsque le représentant du Foreign Office est venu me voir, il m'a expliqué qu'en tant que future femme de gouverneur, je devais absolument être présentée à la reine.

– Et qui vous a présentée ?

– La vicomtesse de Castlereagh. J'ai fait sa connaissance à Londres le soir de mon arrivée. Elle m'a immédiatement emmenée au palais de Buckingham et le lendemain on me renvoyait à la campagne.

– Cela semble incroyable ! s'exclama Conrad.

– Je crois, dit Delora, que la vicomtesse, tout comme le vicomte, d'ailleurs, désapprouvait les projets de Denzil.

Conrad savait bien que même un ministre ne pouvait aller à l'encontre des décisions d'un gouverneur, surtout si elles concernaient sa vie privée. C'était d'autant plus vrai dans ce cas précis puisqu'il fallait bien admettre que lord Grammell avait dû bénéficier de sérieux appuis à la Chambre des lords pour obtenir ce poste de gouverneur malgré ses antécédents.

Il comprenait mieux comment le piège s'était refermé sur Delora qui n'était qu'un petit animal sans défense face à de tels adversaires.

La situation de la jeune fille révoltait profondément Conrad, mais il ne voyait pas comment elle pourrait défier les volontés conjointes de son demi-frère, qui était son tuteur légal et portait un des plus grands noms de l'aristocratie anglaise, et du tout-puissant gouverneur d'un territoire appartenant à la couronne britannique qui, quelle que fût sa réputation, n'en était pas moins le représentant du roi sur l'île. Il s'abstint, toutefois, de faire part de son opinion à Delora, pour ne pas la décourager inutilement, et se contenta de lui dire :

– Écoutez, Delora. Voici ce que je vous propose.

Delora leva vers lui des yeux pleins d'espoir, comme s'il était tout naturel qu'il accomplît des miracles, et Conrad se demanda comment il pourrait justifier une telle confiance.

– Ce que vous avez de mieux à faire, reprit-il, pendant que je réfléchis aux moyens de lever les menaces qui pèsent sur votre avenir, c'est de profiter de ce voyage en le considérant comme une expérience qui ne peut être qu'enrichissante.

– Oh, j'en suis bien consciente ! s'exclama Delora. Dans d'autres circonstances, je n'aurais pensé qu'à la chance qui m'était donnée de naviguer sur un bateau aussi splendide.

– Eh bien, considérez ces quelques semaines comme un moment de répit entre le passé et le futur, lui dit Conrad. Oubliez les problèmes que vous avez laissés derrière vous en Angleterre et ne songez pas à ceux qui vous attendent à Antigua.

Delora sourit gentiment.

– Vous êtes simplement en train de me dire :
« Profitez de l'instant présent, à chaque jour
suffit sa peine. »

– Exactement ! reconnut Conrad. Et je vous
promets que tout le monde sur le bateau essaiera
de rendre cette traversée aussi agréable que possible.

– Et si vous rencontrez un navire ennemi ?
demanda Delora.

– Si le cas se présente, ce dont je doute,
répondit Conrad, ayez confiance en l'*Invincible*
et vous aurez la preuve qu'il mérite bien son
nom. J'espère seulement que vous n'aurez pas
trop peur du bruit des canons.

– Je ne suis pas une poule mouillée ! rétorqua
Delora. L'idée d'assister à une bataille navale
me plairait même plutôt, à condition bien sûr
que vous gagniez !

– Si cela devait arriver, je mettrais tout en
œuvre pour vaincre, assura Conrad avec un sourire.

– Le capitaine Horn s'est acquis une telle réputation d'invincibilité que tout capitaine qui verra
votre pavillon dans sa lunette ordonnera immédiatement un changement de cap, dit Delora en
riant.

– Vous me flattez beaucoup, et j'espère que
votre prophétie se réalisera, répliqua Conrad.
Et maintenant, chère cousine, il faut que je
retourne travailler.

Il se leva et ajouta :

– J'ai bien peur, puisque Mme Melhuish ne
semble pas disposée à se montrer, que vous ne
soyez obligée de déjeuner seule. Mais si vous le
permettez, j'inviterai quelques-uns de mes officiers à dîner ce soir avec nous.

Les yeux de Delora s'illuminèrent de plaisir.

– Vous feriez ça ? Je serai vraiment ravie de faire leur connaissance. Et je pourrai mettre une de mes nouvelles robes pour l'occasion.

Conrad éclata de rire.

– L'éternel féminin reprend le dessus ! Nous serons tous très honorés, ma chère, de vous voir dans vos plus beaux atours.

– Alors, c'est entendu. Pour quelle heure dois-je me tenir prête ?

– Je vous le dirai après le déjeuner, quand je viendrai vous prendre pour vous faire visiter le navire.

– Je craignais que vous n'ayez oublié votre promesse.

– C'eût été impardonnable de ma part, répliqua Conrad. Et il vaut mieux que cette visite ait lieu tant que nous sommes encore dans la Manche. La mer risque d'être plus mauvaise, ensuite.

Une ombre passa sur le visage de la jeune fille qui précisa presque dans un souffle :

– Je ne crains pas les éléments; seuls les gens peuvent être redoutables...

Tous les jeunes officiers furent séduits par la grâce et l'esprit de lady Delora. « Quelle enfant extraordinaire ! » se dit Conrad en voyant les regards de ses compagnons fixés sur elle. Elle possédait cette aisance naturelle qui permet à certains êtres de se faire aimer de tous.

Quand il était allé la chercher dans sa cabine pour la conduire sur le pont supérieur, elle était prête depuis longtemps. Un sourire avait illuminé son visage dès qu'elle l'avait vu.

– Je pense que j'aurais dû porter un diadème pour une telle circonstance, mais je n'en ai pas, avait-elle fait observer. Alors, vous devrez me prendre telle que je suis !

Elle avait remplacé le diadème par quelques fleurs artificielles assorties à celles qui ornaient le bord de sa robe, qu'elle avait piquées dans sa chevelure de chaque côté de son visage. Ce simple ornement lui donnait une allure très juvénile qu'accentuait encore sa longue robe blanche, aux lignes très pures. Le plaisir d'être invitée à dîner faisait briller ses yeux sous la lumière des lanternes accrochées au plafond. Conrad aurait voulu lui adresser un compliment mais une brusque pudeur l'en avait empêché.

– Il fait froid, ce soir. Vous devriez mettre quelque chose sur vos épaules pour sortir, avait-il simplement dit.

– J'ai ce qu'il faut, avait-elle répondu en lui montrant une large écharpe bordée de fourrure.

Il la lui avait prise des mains pour l'en couvrir.

La fourrure blanche formait un écrin autour de son visage et faisait ressortir la ligne pure de son cou. Conrad sourit en imaginant l'effet qu'elle allait produire sur ses invités.

La cabine du second qu'il occupait n'étant pas aussi spacieuse que celle du capitaine, il n'avait convié que quatre de ses officiers pour le dîner : Deakin, et trois jeunes lieutenants, dont Birch, l'adjoint de Deakin, un jeune homme intelligent, issu d'une famille d'armateurs et auquel Conrad prédisait une brillante carrière d'officier de marine.

Tous avaient vu Delora sur le pont l'après-midi, et le premier moment d'étonnement passé, ils avaient été conquis par sa gentillesse. C'était à celui qui s'offrirait pour lui tenir compagnie. Devant tant d'empressement, Conrad s'était dit que la présence à bord de Delora risquait, s'il n'y prenait bonne garde, de distraire ses hommes de leur travail et de compromettre la discipline indispensable à la bonne marche du nouveau bateau.

Mais, comme il voulait absolument que les quelques semaines que sa cousine allait passer avec eux fussent les plus heureuses possible, il avait tu ses appréhensions.

En se rappelant les griefs qu'il avait nourris contre sa future passagère pendant les quinze jours précédant l'embarquement, il rit intérieurement. L'avait-il assez maudite, cette parente indésirable qui allait lui voler sa cabine !

Delora s'était révélée si différente de ce qu'il avait imaginé qu'il se sentait prêt à tout mettre en œuvre pour la protéger des deux ignobles individus qui avaient ourdi une telle machination contre elle.

« Mais que diable puis-je y faire ? » se demanda-t-il une fois de plus alors que le dîner tirait à sa fin.

Une repartie spirituelle de Delora fit rire les autres convives et l'arracha à ses pensées moroses. La jeune fille n'avait pas à se forcer pour se montrer drôle, vive ou intelligente : il lui suffisait de rester naturelle et de dire les choses comme elles lui venaient à l'esprit. Les jeunes officiers prenaient un plaisir évident à sa conversation.

– J'ai lu dans un journal, mon cousin, disait-elle, que vous encouragiez vos hommes à jouer de la musique, à chanter et même danser à bord. J'aimerais beaucoup participer à ces réjouissances.

– J'ai bien peur qu'il ne vous faille attendre pour cela, répondit Conrad. Je ne sais pas encore quels sont les talents des hommes que nous avons à bord. Mais je crois que la musique est indispensable si on veut que l'équipage garde le moral, surtout quand les hommes ont peur...

– Ou quand ils ont faim ! ajouta un des lieutenants, qui avait navigué avec Horn sur le *Tigre*.

Conrad sourit au souvenir de ce voyage pendant lequel ils étaient restés si longtemps en mer que la nourriture du bord était devenue pratiquement immangeable. Il fallait vraiment se forcer à penser à autre chose pour parvenir à avaler les biscuits pleins de charançons ou la viande séchée toujours aussi coriace après plusieurs heures de cuisson.

Assurer aux hommes une nourriture décente malgré les aléas de l'approvisionnement était une des préoccupations constantes d'un capitaine digne de ce nom.

Quand la bière devenait aigre, et malgré la crainte du fouet qui était appliqué dans les cas d'ivresse flagrante, les grogs – aucun navire ne manquait jamais de rhum – constituaient le seul refuge contre une réalité trop dure à supporter. Conrad se jura que personne à bord ne serait fouetté tant que Delora resterait sur l'*Invincible*. Même lui, pourtant habitué depuis son plus jeune âge à la barbarie des punitions infligées dans la marine, redoutait ce spectacle terrible.

Il s'inquiétait d'ailleurs des réactions qu'aurait une jeune fille aussi ignorante des choses de la vie quand elle serait confrontée à certaines scènes choquantes dont la promiscuité qui règne sur un bateau la rendrait forcément témoin. Conrad savait, en effet, qu'il ne pourrait pas l'en protéger tout au long de cette traversée.

Quand le dîner se termina, Conrad, qui savait que certains de ses officiers devaient être à leur poste à quatre heures du matin, se leva et reconduisit Delora à sa cabine.

– J'ai rarement passé une soirée aussi amusante ! s'exclama-t-elle tandis qu'ils remontaient vers le gaillard d'arrière. Merci, Conrad. Merci de votre gentillesse. Je suis heureuse de faire ce voyage sur votre navire.

– J'en suis très heureux moi aussi, assura Conrad. Mais je ne peux vous promettre que toutes vos soirées à bord ressembleront à celle-ci. Les officiers et l'équipage de l'*Invincible* vont avoir beaucoup de travail.

– J'en suis parfaitement consciente, répliqua Delora, et j'essaierai de ne pas me montrer trop encombrante. Mais vous viendrez quand même me voir de temps en temps, n'est-ce pas ?

Elle n'avait pas besoin d'en dire davantage pour que Conrad perçoive l'angoisse qui l'étreignait à la seule pensée de ce qui l'attendait de l'autre côté de l'Atlantique.

– Je vous promets de venir aussi souvent que possible, répondit-il, mais j'espère que Mme Melhuish va se rétablir, car vous aurez besoin de sa compagnie.

– Je crains qu'elle ne sorte guère de sa cabine, dit Delora. Elle se plaignait déjà des mouvements du bateau avant que nous ne quittions le port.

Conrad se mit à rire.

– Vous avez le pied marin, et je m'en félicite, mais tout le monde n'a pas cette chance.

– Je ne voulais pas être méchante, s'empressa de rectifier Delora. Pauvre Mme Melhuish ! Mais même sa meilleure amie serait obligée de reconnaître que les voyages ne sont pas son fort.

– Contrairement à vous, j'en suis sûr, dit Conrad. Bonsoir, Delora. Et croyez bien que je suis ravi de vous avoir comme passagère.

– Ce n'est pas ce que vous pensiez quand je suis arrivée !

– Comment le savez-vous ? demanda-t-il, ébahi.

– J'ai senti votre réticence à votre poignée de main et à votre ton quand vous m'avez accueillie à bord, lui expliqua-t-elle. J'ai eu l'impression que les vieilles querelles familiales allaient se ranimer en plein océan.

– Je puis vous assurer qu'il n'en sera rien, affirma Conrad.

Quand il ouvrit la porte de la cabine, il vit qu'Abigaïl attendait Delora. Mais la vieille servante recula dans l'ombre, pleine de tact, pour qu'ils puissent se dire adieu.

– Bonsoir, cousin, dit Delora. Merci, merci beaucoup.

La main de la jeune fille resta un instant dans la sienne et quand il s'éloigna, il l'entendit déclarer :

– Oh, Abigaïl, quelle merveilleuse soirée j'ai passée ! C'était formidable !

Le lendemain, quand la cloche de quart sonna quatre heures, Conrad se leva immédiatement et se mit au travail avec son équipage.

Toute la journée, les canonniers s'entraînèrent à charger les nouvelles pièces d'artillerie, pendant que les hommes de pont apprenaient à reconnaître et à transmettre les signaux. Deakin fit monter dans la mâture tous ceux qui prenaient la mer pour la première fois afin qu'ils s'habituent aux sensations de vertige qu'ils risquaient d'éprouver au bout des mâts. Quant aux nouveaux aspirants, pâles et nerveux, ils craignaient de mal faire et encore plus de ne rien faire.

Conrad s'adressait à eux avec bonhomie en

essayant de les appeler par leur nom. Il se souvenait des épreuves qu'il avait dû traverser, bien des années auparavant, lors de son premier embarquement : chaque nuit, malgré la honte qu'il avait de sa propre faiblesse, il avait sangloté en secret sous ses couvertures.

Il fut si occupé pendant toute cette journée que ce n'est qu'à cinq heures de l'après-midi qu'il put se libérer pour aller voir Delora.

Il avait remarqué, bien sûr, que, bravant le vent glacial qui soufflait en bourrasques, elle était sortie se promener sur la plage arrière du navire, visiblement heureuse de sentir la neige fondue ruisseler sur son visage.

Il se dirigea vers sa cabine, frappa à la porte et, quand il entra, la trouva en train de lire, allongée sur le canapé.

Elle laissa tomber son livre et bondit sur ses pieds.

– Vous êtes venu me voir ! s'écria-t-elle. Comme c'est gentil ! Je savais bien que vous tiendriez parole !

– J'ai été trop occupé jusqu'à maintenant pour penser à autre chose qu'à mon travail, s'excusa Conrad.

– Mais maintenant vous êtes là ! Peut-être aimeriez-vous une tasse de thé ? Nous en avons apporté, et je suis sûre que cela vous ferait plaisir.

– Très bonne idée, dit Conrad.

Abigaïl, qui était assise dans un angle de la cabine, se leva pour aller préparer le thé. Dès qu'ils furent seuls, Conrad demanda :

– Tout va bien ? Vous avez tout ce qu'il vous faut ?

– Tout, sauf la possibilité de vous parler.

Il sourit.

– Je suis là, vous l'avez constaté vous-même !

– Et j'en suis très heureuse ! Oh, s'il vous plaît… puis-je dîner avec vous ce soir ?

Conrad fut surpris qu'elle se soit invitée d'elle-même. Puis, comme il estimait qu'il valait mieux éviter que des dîners comme celui de la veille ne se répètent trop souvent, il lui proposa un compromis :

– Peut-être est-ce vous qui pourriez m'inviter aujourd'hui ?

– Croyez-vous que ce soit possible ? Je veux dire… convenable ?

– Je crains en effet qu'un dîner en tête-à-tête, en l'absence de votre chaperon, ne soit un grave manquement aux règles élémentaires de la bien-séance, répliqua Conrad. Mais dois-je vous rappeler qu'en mer il n'appartient qu'à moi, et à moi seul, de décider de ce qui se fait ou ne se fait pas ?

Delora applaudit.

– Évidemment ! Le capitaine d'un navire de Sa Majesté est seul maître à bord. J'ai lu qu'il avait tous pouvoirs sur ceux qui naviguaient avec lui.

Puis, avec un sourire espiègle, elle ajouta :

– Capitaine Horn, me donnez-vous l'ordre de vous inviter à dîner ? Il me serait particulièrement agréable de rester seule avec vous ce soir pour dîner et bavarder…

Conrad marqua une légère hésitation. L'idée que Delora elle-même pût regretter par la suite ce dîner en tête-à-tête l'effleura, mais il se dit aussitôt qu'en comparaison de ce qui l'attendait à Antigua, cette entorse aux bonnes manières lui semblerait bien insignifiante.

– C'est avec grand plaisir que j'accepte l'invitation de Sa Seigneurie, dit-il avec cérémonie.

Déclaration que Delora accueillit avec un petit rire qu'il trouva charmant…

Deux heures plus tard, en entrant dans la cabine de la jeune fille, Conrad trouva la table mise et éclairée de chandelles.

Delora était encore plus resplendissante que la veille. Elle avait mis une robe bleu pâle et remplacé les fleurs par des rubans noués dans ses cheveux. Elle portait autour du cou un rang de perles qu'elle tenait de sa mère.

Ils se saluèrent avec une certaine solennité, lui en inclinant le buste, elle en faisant une légère révérence, mais l'impatience de la jeune fille était évidente. Elle semblait avoir un important secret à lui révéler.

— J'ai commandé un menu spécial pour vous ce soir, lui annonça-t-elle fièrement. Et je serais très déçue que vous ne l'appréciiez pas.

— Un menu spécial ? demanda Conrad, surpris.

— Quand je lui ai parlé d'un voyage en bateau, lord Rowell m'a conseillé d'emporter avec moi de quoi agrémenter l'ordinaire du bord, que je risquais à son avis de trouver un peu simple et monotone.

— C'est un euphémisme ! s'exclama Conrad, tout au moins pour parler de ce qui nous attend après quelques semaines de navigation. Mais nous avons pour l'instant dans nos cuisines de la viande fraîche, mouton ou porc, et des poulets, et le chef devrait être capable de les accommoder de façon savoureuse.

— J'étais si excitée, hier soir, que je n'ai guère prêté attention à ce que je mangeais, confessa Delora. Mais pour ce soir, je voulais de toute manière vous faire une surprise.

Et pour en être une, c'en fut une !

Conrad ne s'attendait vraiment pas à goûter aux pâtés, à la langue de bœuf et à l'oie provenant de la propriété familiale du Kent.

– Avez-vous déjà été là-bas ? demanda Delora.

Conrad secoua la tête.

– Si j'en avais manifesté le désir, mon père n'aurait pas survécu à une telle suggestion ! Quand j'étais petit, à force de l'entendre vitupérer contre votre père et votre grand-père, je m'étais imaginé que cet endroit ressemblait à l'enfer, une sorte de gouffre dont les habitants étaient dévorés par les flammes qu'attisaient les démons.

Delora éclata de rire.

– Eh bien, c'est tout le contraire ! La maison est magnifique et comme vous avez bon goût, je suis certaine que vous l'aimeriez.

– Comment savez-vous que j'ai bon goût ?

– Il ne peut en être autrement, répondit-elle. Et je sais aussi que vous êtes bon, généreux, courageux et honnête.

Conrad joignit les mains, suppliant.

– Arrêtez ! s'écria-t-il. Vous êtes en train de me mettre une auréole que je n'ai pas l'impression de mériter. Je ne suis qu'un homme passionné par son métier qui a eu beaucoup de chance. C'est tout.

– Allons, pas de fausse modestie… répliqua Delora, taquine. Vous oubliez que j'ai lu tout ce qui a été écrit sur vous dans le *Times* et le *Morning Post*. Et j'ai eu hier soir tout loisir d'observer l'attitude de vos officiers à votre égard. Ils vous trouvent formidable, que vous le vouliez ou non.

Elle s'interrompit une seconde avant d'ajouter :

– Et moi aussi !

Elle avait laissé échapper ces mots sans réfléchir à toute leur signification et quand son regard croisa celui de Conrad, elle ne put s'empêcher de rougir. Ses joues s'empourprèrent avec une lenteur inexorable qui rappela au capitaine ces levers de soleil qu'il avait vus incendier l'horizon et sa cousine lui parut être la femme à la fois la plus jolie et la plus pure qu'il ait jamais vue. L'intensité de son propre regard provoqua chez la jeune fille une émotion si visible que Conrad, effrayé par sa réaction, repoussa brusquement sa chaise.

– Merci de ce délicieux dîner, Delora, dit-il. Qu'allez-vous faire pour occuper votre temps, pendant la traversée ? Aimez-vous peindre, ou peut-être broder ?

– J'ai surtout envie de me promener sur le bateau et de vous regarder vivre au milieu de vos hommes. Aujourd'hui je n'ai pas osé quitter le gaillard d'arrière, mais j'aurais aimé vous rejoindre sur la dunette.

– Vous devez attendre l'invitation du capitaine.

– Et le capitaine m'invitera ?

– Je dois y réfléchir. N'oubliez pas que vous êtes sur un navire de guerre.

Il avait parlé d'un ton volontairement tranchant.

– Avez-vous changé d'avis ? demanda Delora d'une voix sourde. Regrettez-vous maintenant de m'avoir à bord ?

Sa tristesse était si évidente que Conrad se hâta de répondre :

– Mais non, bien sûr que non ! Je suis ravi que vous soyez parmi nous. Seulement...

Il parut si embarrassé que Delora finit la phrase à sa place :

— Seulement, vous ne voulez pas prendre trop d'engagements envers moi, n'est-ce pas ?

La perspicacité de la jeune fille le surprit. Il regretta de s'être délibérément montré désagréable, alors qu'elle ne cherchait auprès de lui qu'un peu de réconfort.

Comme il gardait le silence, elle reprit :

— J'ai su dès que je vous ai vu que vous étiez exactement l'homme que... j'avais espéré que vous seriez... et quand vous m'avez parlé, hier, j'ai eu l'impression... l'intuition que vous alliez m'aider à surmonter mon angoisse. J'ai si peur de l'avenir que j'ai parfois envie de... mourir.

— Vous n'avez pas le droit de parler comme ça ! se récria Conrad, du ton qu'il aurait eu pour encourager un jeune aspirant terrifié avant l'attaque.

— C'est pourtant la vérité, je n'y peux rien, rétorqua Delora. Vous avez été le premier à me conseiller d'oublier l'avenir pour vivre dans l'instant présent.

— Et je crois encore que c'est ce que vous avez de mieux à faire, dit Conrad avec l'impression de s'enfoncer dans une impasse. Mais nous devons aussi, dans votre propre intérêt, nous montrer raisonnables.

— C'est-à-dire ne pas nous engager l'un envers l'autre, conclut Delora en bonne logique.

— Pas exactement, rétorqua-t-il. J'essaie de faire ce qui me semble être le mieux pour vous.

Quoi qu'il advienne, sa cousine ne devait pas compter sur lui, parce que, inévitablement, le moment viendrait où il serait obligé de l'abandonner. Voilà ce qu'il n'avait pas le courage de lui dire.

Le pire qu'il puisse arriver serait qu'elle tombe amoureuse de lui. Conrad avait beau se raisonner en se disant que la différence d'âge rendait cette éventualité fort improbable, il devinait l'attrait qu'il exerçait sur cette toute jeune fille qui avait mené, jusqu'à ce jour, une vie de recluse. Sa prestance, l'aura de gloire qui l'entourait, aussi bien que sa réputation de ne pas accorder son cœur à la légère, faisaient de lui une proie convoitée par toutes les femmes qu'il rencontrait.

Pour le séduire, certaines avaient eu recours aux artifices les plus étonnants qu'un cerveau féminin puisse inventer, mais il était toujours resté maître de la situation. Par principe, il ne s'engageait dans une aventure amoureuse que s'il était sûr que sa partenaire était, telle Nadine, capable de se protéger contre les conséquences d'une passion éphémère. Partant de ce principe, il ne voyait pas pourquoi il aurait refusé les faveurs d'une femme qu'il comparait aux fleurs dont on orne la table d'un dîner et qui se fanent avant que l'aube ne se lève.

Mais Delora était différente de toutes ces femmes et Conrad ne voulait penser à elle que comme à l'enfant qu'elle lui avait paru être lors de leur première rencontre. Il ne pouvait nier cependant que la finesse de ses jugements ne devait plus rien à l'enfance, et il avait pleinement conscience qu'elle était en train de s'éveiller à la vie comme une rose qui éclôt. Il ne lui manquait plus que de découvrir l'amour pour devenir une vraie femme.

Il se surprit soudain à imaginer ce qu'éprouverait celui qui aurait le bonheur de lui apprendre l'amour : ce serait sans doute l'expérience la plus exaltante qu'un homme puisse vivre. Mais à peine cette idée l'eut-elle effleuré qu'il en eut honte, comme si le seul fait d'y penser était déjà un outrage fait à la candeur de sa jeune cousine.

Conrad ne devait pas oublier, d'ailleurs, qu'elle était promise à un autre, et que ce n'était pas à lui de remettre en question le bien-fondé de ce mariage, même s'il était révolté à la pensée qu'un être si pur et si charmant allait tomber entre les mains – peut-être aurait-il mieux valu dire les griffes – d'un monstre comme lord Grammell.

Il lui revint soudain à l'esprit certaines obscénités que le gouverneur d'Antigua n'avait pas craint de proférer, alors qu'elles auraient fait reculer le plus rude des marins, et ses poings se crispèrent, comme s'il voulait étouffer tout souffle de vie chez cet homme qui déshonorait non seulement son nom, mais la caste à laquelle il appartenait.

Il eut alors la surprise de constater que Delora avait suivi le cheminement de sa pensée, en l'entendant murmurer :

– Si c'est là... l'effet qu'il vous fait... que croyez-vous que je... ressente ?

4

Debout sur la dunette, d'où il regardait les vagues se briser contre les flancs du bateau, Conrad songeait encore à la frêle jeune fille qui se promenait sur le pont.

Il y avait maintenant dix jours qu'ils avaient quitté Portsmouth, et la mer, très agitée au début, était animée d'un mouvement de houle profond et régulier, assez inconfortable pour tous ceux qui étaient à bord.

Mme Melhuish n'avait pas réapparu, et d'après Delora, elle n'avait nulle intention de quitter sa cabine tant qu'ils ne navigueraient pas dans des eaux plus calmes.

– Ce qui veut dire qu'on ne la verra pas ! avait dit Delora en riant. Elle n'aime pas la mer et passe ses journées à prier pour que nous atteignions le plus vite possible la terre ferme.

Pour combler son absence, Conrad se sentait obligé de tenir compagnie à sa cousine plus souvent qu'il ne l'aurait voulu. Il percevait, avec une acuité qui l'étonnait lui-même, l'angoisse qui l'oppressait dès qu'elle se retrouvait seule face à ses problèmes.

Chaque fois qu'il entrait dans sa cabine, il surprenait sur son visage une expression anxieuse que sa simple présence suffisait à dissiper en quelques instants.

Comme il tournait la tête pour regarder la mâture, il l'aperçut qui se promenait, emmitouflée dans son manteau à capuche bordée d'hermine. La fourrure blanche qui encadrait son visage lui donnait l'air d'un ange. Mais dès qu'elle vit Conrad, un sourire espiègle se dessina sur sa bouche enfantine.

« Elle est si jolie ! si jolie ! se répétait-il dans la nuit quand il était de quart. Comment trouverai-je le courage de la livrer à ce porc de Grammell ? »

Tout ce qu'il avait entendu dire de l'actuel gouverneur lui revenait par bribes, des faits si révoltants, si répugnants, que Conrad se sentait mal à l'aise à leur seule pensée.

Quand ces souvenirs assaillaient son esprit, et qu'il y associait la douce Delora, il se demandait alors si la meilleure chose à faire ne serait pas de la pousser par-dessus bord avant qu'ils n'atteignent Antigua. Au moins mourrait-elle d'une mort propre, ensevelie par l'océan.

Il ressassait ces sombres pensées toute la nuit, mais dès que le jour se levait il se disait qu'il était ridicule et essayait de se persuader que cette affaire ne le regardait pas.

Quant à Delora, quand elle parvenait à chasser son angoisse, il ne faisait aucun doute qu'elle appréciait la vie à bord. Il n'y avait plus un jeune lieutenant sur le bateau qui ne se crût amoureux d'elle, et tous les matelots la suivaient du regard quand elle sortait sur le pont. Même Conrad qui, sur sa dunette, feignait de regarder le grand mât, avait en réalité les yeux rivés sur cet espace où, à côté des trois annexes solidement arrimées au pont, Delora se promenait, de sa démarche restée parfaitement gracieuse malgré le fort roulis.

Chaque fois qu'il l'avait prévenue du danger qu'il pouvait y avoir pour elle à sortir par mauvais temps, elle lui avait ri au nez.

– Je suis une fille de la campagne, lui disait-elle. J'ai l'habitude du grand air, et si les vagues m'éclaboussent, j'ai plus de robes qu'il n'en faut pour me changer.

– C'est de votre santé que je me soucie, protestait Conrad, pas de vos robes. Ces vents du nord sont vifs, et je ne veux pas vous voir au lit avec une pneumonie.

– Je ferai de mon mieux pour ne pas vous donner de soucis supplémentaires, capitaine !

Et son sourire était si désarmant que, malgré son désir de se montrer ferme avec elle, il souriait à son tour, sachant que rien ne l'empêcherait de sortir chaque fois qu'elle en aurait envie.

La force du vent était telle qu'on entendait craquer la coque du bateau, et grincer son gréement. Les rafales fouettaient les vêtements de Delora qui tenait son manteau à deux mains.

« Elle devrait retourner dans sa cabine », se dit Conrad.

À ce moment-là, une voix s'éleva dans la hune :

– Une voile ! Une voile, droit devant !

Conrad leva les yeux.

L'homme de vigie, en haut de son mât, était fortement balancé par la houle.

– Montez, Harris, dit Conrad à l'un des aspirants qui se tenaient à ses côtés. Prenez une lunette avec vous et dites-moi ce que vous voyez.

L'aspirant obtempéra immédiatement et quelques minutes plus tard Conrad entendit sa voix, portée par le vent :

– Je crois que ce sont des Français, capitaine ! Je vois des voiles carrées !

– Montez les vergues ! cria Conrad.

Et, alors que Deakin le rejoignait sur la dunette, il ajouta :

– Faites battre le branle-bas, Deakin. Tout le monde à son poste !

Quand les roulements du tambour se firent entendre, et que les artificiers arrivèrent sur le gaillard d'arrière pour se placer à côté de leurs canons, Conrad descendit de la dunette et se dirigea vers Delora qui scrutait l'horizon, vibrante d'excitation.

– Votre place est en bas, Delora, lui dit-il. Prenez Abigaïl avec vous et restez dans l'une des cabines du pont inférieur jusqu'à la fin des opérations.

– Oh, s'il vous plaît... commença-t-elle.

Mais Conrad n'était pas d'humeur à discuter. Il appela un lieutenant.

– Monsieur Latham, conduisez Sa Seigneurie et sa domestique dans ma cabine, et ne les quittez pas avant de vous être assuré qu'elles sont à l'abri.

– À vos ordres, mon capitaine, répondit le lieutenant, ravi de cette mission.

Conrad évitait de regarder Delora pour ne pas lui communiquer l'inquiétude qu'il éprouvait à l'idée qu'elle pût être blessée dans la bataille. Il la vit pourtant sourire et lui adresser un petit signe encourageant de la main avant de disparaître avec le lieutenant Latham.

Dans les minutes qui suivirent, le navire tout entier fut en pleine effervescence. Les hommes étaient excités à l'idée d'avoir à réaliser les manœuvres qu'ils répétaient pratiquement tous les jours depuis qu'ils avaient quitté Portsmouth.

Ils mirent les canons en place et les armèrent, répandirent du sable sur le pont, branchèrent les tuyaux des pompes et les extincteurs.

Conrad leva les yeux vers les voiles et ordonna :

– Faites-moi prendre deux tours de ris dans ce hunier, lieutenant !

Il distinguait parfaitement le navire qui arrivait sur eux, et l'identifia sans difficulté : c'était un bâtiment français battant pavillon bleu, blanc, rouge. Conrad vérifia qu'au-dessus de lui le pavillon blanc de la marine anglaise flottait bien à son mât.

Puis Deakin annonça :

– Ils ont ouvert le feu, capitaine !

Ouvrir le feu à une telle distance était une grosse erreur de tactique. Le bruit du canon ne parvint même pas jusqu'à l'*Invincible* d'où l'on n'aperçut qu'un léger nuage de fumée qui s'envolait dans le vent. Conrad avait toujours pensé que la première bordée ne devait être tirée qu'au moment exact où elle était susceptible d'endommager de façon décisive le bâtiment ennemi. Les deux navires se rapprochaient l'un de l'autre, quand, brusquement, les Français cessèrent de tirer. Conrad attendit, puis les voyant virer par tribord, il comprit ce qui se passait : ayant vu de près la taille de l'*Invincible*, ils fuyaient !

– Deakin, demanda-t-il, à combien estimez-vous la distance qui sépare nos deux navires ?

– Un peu plus d'un demi-mille, mon capitaine.

– Merci, dit Conrad.

Il donna l'ordre d'augmenter la voilure et constata que, devant eux, les Français en faisaient autant.

Il savait maintenant qu'il s'agissait d'un navire de guerre assez comparable à l'*Invincible* en tonneaux, mais dont l'état de vétusté ne permettait à son capitaine d'engager la bataille qu'avec des bâtiments plus petits et dont la puissance de feu était bien inférieure à la sienne.

– Si le vent tient, capitaine, nous les rattraperons ! s'exclama Deakin avec fougue.

Le vent ne semblait pas vouloir faiblir, et l'*Invincible*, toutes voiles dehors, filait, malgré le fort tangage, à une vitesse que Conrad avait bien espéré pouvoir atteindre en cas d'urgence.

Ils se rapprochaient de plus en plus des Français, et Conrad donna l'ordre que tout le monde attendait :

– Armez, feu !

Ils tirèrent exactement en même temps que les Français. Conrad entendit le sifflement des boulets ennemis qui passèrent au-dessus de lui, sans toucher les mâts. Les Français avaient donc compris qu'ils ne pouvaient continuer à fuir, et qu'il leur fallait se battre.

L'*Invincible* était environné d'un nuage de fumée, et Conrad entendit la voix de son second, tout excité par l'action, qui donnait des ordres.

Les canons mugirent, les artificiers écouvillonnèrent et rechargèrent.

– Feu à volonté !

Les canons des artificiers les plus expérimentés partirent avant les autres. Conrad s'aperçut alors que les ripostes de l'ennemi étaient trop courtes et soulevaient devant eux d'énormes gerbes d'eau qui éclaboussaient le pont.

Puis il vit tomber le grand mât du navire français et entendit les cris des marins quand les voiles et le gréement s'effondrèrent à leur tour.

L'ennemi dérivait maintenant, impuissant devant la tourmente.

Dans quelques minutes, le combat prendrait fin.

On mit les barques à la mer pour repêcher les survivants, mais au moment où Conrad allait envoyer des hommes à l'abordage, jaillit une immense clameur :

– Au feu ! Au feu !

Les flammes léchaient les flancs du navire français et commençaient à courir le long de ses ponts. Le vaisseau s'embrasa en quelques instants, son bois, trop vieux, n'ayant pas résisté. Certains marins purent se jeter à la mer, mais la plupart, coincés à l'intérieur, périrent brûlés vifs.

Les hommes de l'*Invincible* ramenèrent à bord les survivants, très peu nombreux, parmi lesquels on ne comptait aucun officier. Ils déclarèrent que leur navire rentrait en France après trois ans de mer. Conrad n'avait pas besoin de les interroger plus longuement pour savoir qu'ils avaient dû mettre à profit les trois années en coulant de nombreux petits navires anglais. Il ordonna donc qu'on enferme les prisonniers avant de faire le bilan de ses propres pertes.

– Un artificier a été tué, capitaine, annonça Deakin. Pas par le tir ennemi, mais par l'explosion de son propre canon.

Conrad serra les dents mais il garda le silence. Ce genre d'incident n'avait rien d'exceptionnel, surtout avec un nouvel équipage.

– Un bras cassé et des blessures légères dues à l'explosion du boulet qui a touché le pont supérieur.

– Les dégâts sont graves ?

– Non, capitaine. Rien qui ne puisse être réparé.

– Merci, Deakin.

Conrad s'inquiéta alors de Delora et après avoir d'abord pensé envoyer Deakin prendre de ses nouvelles, décida d'y aller lui-même. Il confia à son second le soin de faire nettoyer le pont et descendit vers les cabines du pont inférieur, qu'il avait jugées mieux protégées que celle du capitaine pour servir d'abri à la jeune fille.

Le soir tombait et le vent amenait la pluie. Comme il se dirigeait vers sa cabine où il savait trouver Delora, il croisa Abigaïl qui s'avançait sur la passerelle.

— Tout est fini, capitaine ? demanda-t-elle d'une voix dont la fermeté ne laissa pas de surprendre Conrad.

— Oui, Abigaïl. Comment va votre maîtresse ?

— Très bien, capitaine. Elle vous attend. Sans doute souhaiterez-vous prendre une tasse de thé avec elle ?

Conrad sourit. Abigaïl restait dans la tradition des domestiques anglais pour qui une tasse de thé constitue le meilleur remède à tous les maux.

— Je suis sûr que c'est exactement ce dont nous avons besoin, assura-t-il.

Il ne doutait pas que pendant qu'il boirait son thé, Deakin veillerait à offrir à l'équipage une tournée générale de rhum.

Il ouvrit la porte de la cabine dont les lanternes n'avaient pas été allumées. Surpris par l'obscurité et le silence qui régnaient dans la pièce, il s'apprêtait à aller chercher Delora ailleurs quand il entendit un petit cri, presque un gémissement.

— Vous êtes... sain et sauf ! Vous n'avez pas été... blessé ? souffla-t-elle en se jetant contre lui.

Les mots se précipitaient sur ses lèvres et, instinctivement, il l'entoura de ses bras pour l'empêcher de glisser au gré des mouvements du bateau.

Le silence retomba sur eux.

Le corps frêle de la jeune fille tremblait contre

le sien et, quand elle leva son visage vers lui, il posa ses lèvres sur sa bouche.

Ce geste n'avait pas été prémédité. Il avait obéi à une force indépendante de sa volonté, mais il lui sembla retrouver dans ce baiser la saveur de ceux qui avaient hanté certains de ses rêves. La bouche de Delora avait un goût exquis qu'il n'avait encore jamais rencontré jusque-là.

Conrad ne s'appartenait plus. Ce qui se passa ensuite fut le fait d'un étranger dont il ne pouvait contrôler les gestes. Ses bras se resserrèrent autour de la jeune fille qui frissonna, envahie par un plaisir semblable au sien. Les lèvres de Conrad se firent possessives, exigeantes, et, en même temps, il cherchait à faire passer dans ce baiser toute la vénération qu'il éprouvait à son égard.

Les mouvements du navire l'obligèrent cependant à relever la tête, et il recouvra ses esprits.

– Pardonnez-moi, murmura-t-il d'une voix presque inaudible.

Sa conduite lui faisait horreur et il ne savait comment réagir.

– Je... je vous aime.

Elle avait prononcé ces mots dans un souffle. Ils étaient à peine perceptibles, mais il les avait bien entendus.

– Je peux vous avouer... maintenant, que je vous ai aimé dès le... premier instant. J'ai su que vous étiez... l'homme que j'avais... prié le Ciel de... m'envoyer pour... m'aider.

Au prix d'un effort surhumain, Conrad ouvrit les bras et Delora dut s'agripper à une chaise dont les pieds, comme ceux de tout le mobilier de bord, étaient vissés au plancher.

Il se dirigea vers l'autre bout de la cabine, et s'immobilisa devant le hublot. Il scruta l'obscurité qui enveloppait le navire, comme pour trouver dans la nuit une réponse apaisante aux questions qui assaillaient son esprit.

Le silence envahit la cabine et Delora se laissa tomber dans un fauteuil. Quand il se retourna, elle distingua dans l'ombre ses yeux qui la fixaient d'un regard interrogatif.

Conrad retrouva enfin la parole.

— Il vous faut oublier ce qui vient de se passer, Delora ! dit-il. Dans l'exaltation de la victoire, j'ai commis une folie.

La voix faible de Delora s'éleva dans le silence :

— Vous... voulez dire que vous... regrettez de m'avoir... embrassée ?

— Cela n'aurait jamais dû arriver.

— Mais c'est arrivé. Et je sais maintenant que je vous aime.

— C'est impossible.

— Mais c'est... la vérité !

— Dans ce cas c'est extrêmement regrettable, et vous devez essayer de vous persuader que ce moment d'égarement n'est que la conséquence de votre inexpérience des choses de la guerre. On peut dans ces circonstances avoir des réactions étranges qu'il vaut mieux oublier ensuite.

Delora parut hésiter, puis elle demanda avec un sanglot dans la voix :

— Alors... vous n'aimez pas... m'embrasser ? Pour moi, ce baiser est la chose la plus merveilleuse qui me soit jamais arrivée !

Il devina qu'elle était au bord des larmes et il voulut la rassurer :

— Bien sûr que si, j'ai aimé ce baiser. Mais j'ai honte de n'avoir pas su maîtriser mes émotions. Ce manque de contrôle de soi est indigne d'un capitaine.

– Ce n'est pas… le capitaine qui m'a… embrassée, mais… un homme, observa Delora avec douceur.

C'était tellement vrai que Conrad ne sut que répondre, et comme s'il avait peur de ce qui allait suivre, il se dirigea vers la porte.

– J'ai beaucoup à faire.

– Non, attendez… J'ai encore quelque chose à vous dire.

Il ne pouvait se dérober à cet appel et revint s'asseoir à côté d'elle. Il prit les mains qu'elle tendait vers lui dans les siennes, pour ne pas la désobliger davantage.

Les doigts de Delora tremblaient et il aurait voulu pouvoir embrasser cette paume si douce contre la sienne. Il avait l'impression qu'elle se raccrochait à lui comme à une bouée de sauvetage.

– Je vous aime… déclara-t-elle. Et même si vous… ne m'aimez pas… je vous aimerai toute ma vie… jusqu'à ce que la mort, un jour, m'emporte.

– Delora, je vous en prie, vous n'avez pas le droit de parler ainsi !

– Mais c'est la vérité. Je vous aime assez pour faire… tout ce que vous m'ordonnerez… Mais je vous en supplie, gardez-moi un peu… d'amitié… malgré nos liens… familiaux.

– D'amitié… ! s'exclama Conrad.

Le cri lui avait échappé et Delora se pencha vers lui et posa sa main contre sa poitrine.

– Je crois, dit-elle dans un souffle, que, bien que vous essayiez de vous en défendre, vous m'aimez… un peu.

L'ombre qui baignait la pièce, la douceur persuasive de la voix de Delora, le contact de ses mains qui faisait douloureusement battre son cœur, tout semblait se liguer contre Conrad. Il fut incapable de résister plus longtemps.

– Oui, je vous aime. Bien sûr que je vous aime ! avoua-t-il d'une voix rauque. Mais vous savez aussi bien que moi que ça n'aurait jamais dû arriver.

– Pourtant *c'est* arrivé. Et j'ai prié pour que ça arrive.

– Mais, ma douce, notre amour est condamné d'avance, protesta Conrad. J'ai reçu des ordres précis et je dois vous remettre entre les mains du gouverneur et de votre frère, à Antigua. Que je sois tombé amoureux de celle que l'on m'avait confiée va contre mon sens de l'honneur.

– Pendant la bataille, alors que je savais que vous risquiez votre vie, continua Delora en ignorant son intervention, j'ai compris que si vous étiez mortellement blessé, je mourrais moi aussi.

– Ne parlez pas ainsi, dit Conrad.

Puis, sans qu'il ait pu prévenir son geste, Delora quitta son fauteuil et se blottit dans ses bras. Il l'embrassa de nouveau, avec plus de passion encore que la première fois.

Ce baiser lui fit oublier tout ce qui n'était pas la magie de ses lèvres, sa douceur, et son parfum de jeune fille. Il n'était plus conscient que de la violence de son amour pour elle. Du désordre de ses pensées, une seule certitude émergeait : Delora était celle dont il avait toujours rêvé.

Il avait gardé dans un recoin de son cœur l'image de celle dont il ferait sa femme le jour où il la rencontrerait. Mais peu à peu il en était venu à désespérer de la trouver. Et soudain Delora lui était apparue : sa vivacité d'esprit, sa noblesse de caractère et son courage correspondaient en tout point à son idéal.

Elle était en outre tellement désirable qu'il lui

était difficile de croire qu'il avait pu trouver du plaisir auprès d'autres femmes avant elle.

Il détacha ses lèvres de celles de Delora et elle murmura :

– Dites-moi que vous m'aimez. Une fois, une seule fois, et je vous promets de ne plus jamais vous ennuyer.

– M'ennuyer ? se récria Conrad. Je vous aime, ma merveilleuse enfant, d'un amour que les mots sont impuissants à traduire, et que j'ose à peine m'avouer à moi-même.

Sa main effleura la joue de la jeune fille et il ajouta :

– Vous êtes une apparition, vous ne pouvez être réelle. Vous êtes comme une étoile qui s'est levée pour guider l'homme vers un but qu'il n'atteindra jamais.

Elle allait lui répondre qu'elle était là, tout près de lui, et non pas hors d'atteinte, mais les mots étaient superflus, et il l'embrassa de nouveau.

Quelques minutes, ou quelques siècles plus tard, ils entendirent le pas d'Abigaïl dans la coursive et ils se séparèrent.

Conrad se précipita pour allumer une lampe, et Abigaïl entra, suivie d'un steward qui portait un plateau avec des tasses. La femme de chambre tenait la théière dans ses mains, comme un objet précieux qu'elle ne pouvait confier à personne, et elle se dépêcha de la poser sur la table, craignant qu'un mouvement du navire ne la fasse trébucher.

– Mais il fait noir, milady, dit-elle d'un ton sévère.

– Je n'arrive pas à allumer cette lampe, expliqua Conrad, comme si elle s'était adressée à lui. Voyez ce que vous pouvez faire, Briggs, ajouta-t-il à l'intention du steward.

– À vos ordres, mon capitaine.

Le steward posa le plateau sur la table.

– Quand vous aurez pris votre thé, Delora, parvint à articuler Conrad d'une voix dépourvue d'émotion, vous pourrez retourner dans votre cabine.

Puis il sortit, emportant avec lui la certitude qu'après ce qui venait de se passer il ne pourrait jamais plus regarder sa cousine avec les mêmes yeux qu'avant.

Heureusement pour lui, la besogne ne manquait pas sur le navire, et plusieurs officiers demandaient à le voir pour lui soumettre différents problèmes.

Malgré l'envie qu'il en aurait eue, il ne revit pas Delora ce soir-là et il eut du mal à s'endormir.

« Que faire, maintenant ? » se demandait-il dans le noir tandis que l'*Invincible* fendait la nuit, craquant et gémissant comme sous l'effet d'une trop grande douleur.

Quand l'aube se leva, il avait acquis la conviction que le mieux qu'il pouvait faire pour Delora était de la persuader que l'amour qu'elle croyait éprouver n'était qu'une illusion due à son extrême jeunesse.

« Elle n'a rencontré que très peu d'hommes dans sa vie, se disait-il. Comment peut-elle être sûre que ses sentiments sont aussi absolus et éternels qu'elle le dit ? »

Mais il craignait, en détruisant une chose aussi belle que cet amour de jeune fille, de commettre un sacrilège et il se sentait submergé par la honte.

Mais, chaque fois, il en revenait à la question qu'il s'était posée toute la nuit : « Que faire, maintenant ? »

Il n'avait toujours pas trouvé la réponse quand il monta sur la dunette, juste au-dessus de la cabine où devait dormir Delora, allongée dans le grand lit de chêne à baldaquin garni de rideaux bleus, dans lequel il dormirait à son tour, seul, quand elle aurait débarqué à Antigua.

Comment pourrait-il alors chasser le souvenir de la jeune fille ? En l'espace de quelques jours, elle avait comblé le vide de son cœur et elle continuerait à le hanter jusqu'à son dernier souffle.

Elle était si profondément ancrée dans ses pensées qu'il doutait qu'un tel résultat ait pu être obtenu en dix jours. Quelque chose au fond de son cœur lui disait que le destin les avait fait naître l'un pour l'autre et qu'ils s'étaient peut-être même déjà aimés dans une autre vie. Quand il l'avait vue pour la première fois, debout devant lui, dans sa cabine, il avait eu la sensation étrange, qu'il avait tenté de repousser, qu'ils se connaissaient de toute éternité.

Il était tellement absorbé par ses réflexions qu'il ne s'était pas aperçu qu'un aspirant se tenait près de lui.

– Qu'y a-t-il, Campbell ? demanda-t-il brusquement en prenant conscience de sa présence.

– Mon capitaine, lady Delora désire vous parler immédiatement.

Conrad se renfrogna. Si Delora prenait la liberté de le faire appeler si tôt le matin, tout l'équipage allait en faire des gorges chaudes. Il faudrait qu'il lui demande de ne plus agir aussi inconsidérément.

– Allez dire à Sa Seigneurie que j'irai la voir dès que possible, répondit-il à l'aspirant.

– Bien, mon capitaine.

Le jeune homme s'éloigna au pas de course, et Conrad prolongea volontairement les entretiens qu'il devait avoir avec l'homme de barre et le maître d'équipage, avant de descendre dans la cabine de Delora.

Il frappa à la porte et quand la jeune fille le pria d'entrer, il s'efforça de prendre un air sévère. Pourtant, la seule idée de la revoir faisait battre son cœur un peu plus vite, et accentuait le bourdonnement qu'il sentait dans ses tempes depuis qu'il l'avait embrassée.

Delora avait une expression grave et il comprit immédiatement qu'elle ne l'avait pas fait appeler pour des motifs futiles.

– Que se passe-t-il ?

Les mots avaient du mal à franchir ses lèvres et ce n'est qu'au prix d'un violent effort qu'elle parvint à dire :

– Mm... Mme Melhuish est... morte cette nuit ! Abigaïl l'a trouvée il y a... un moment... en allant prendre de ses nouvelles.

– Morte ? Comment est-ce arrivé ? demanda Conrad.

– Elle a toujours prétendu qu'elle avait... le cœur fragile. Mais comme elle ne cessait de se plaindre, de tout et de rien, je... je ne l'ai jamais vraiment crue. Je le regrette maintenant, car ce malheur ne serait peut-être pas... arrivé si j'étais restée assise à côté d'elle pendant la... bataille.

– Vous n'avez fait que vous conformer à mes ordres.

– Je le sais bien, reconnut Delora. Mais j'ai quand même demandé à Abigaïl ce que nous devions faire pour Mme Melhuish. Elle m'a répondu qu'il valait mieux ne pas la déranger, puisqu'elle se sentait si mal.

– Abigaïl a eu raison, assura Conrad avec conviction. Attendez-moi ici. Je vais voir.

Mme Melhuish occupait la cabine où aurait dû, normalement, dormir Barnet. Elle était petite, mais plus confortable que celle qu'on réservait habituellement au steward du capitaine sur les autres navires.

Abigaïl avait déjà pris soin de la vieille dame qui reposait, les yeux fermés et les mains croisées sur la poitrine, l'air paisiblement endormi.

– Je suis désolé, Abigaïl, dit Conrad.

– Personne n'y peut rien, capitaine, répliqua Abigaïl. Elle était toujours malade.

– Maintenant, votre maîtresse va se sentir bien seule, ajouta Conrad en suivant le fil de sa pensée.

– Ça ne changera pas grand-chose : Mme Melhuish n'était pas vraiment une compagnie pour une jeune fille !

– Mais Sa Seigneurie a besoin d'un chaperon, insista Conrad.

– Il est inutile de revenir là-dessus, capitaine, fit observer Abigaïl avec la condescendance d'une nurse s'adressant à un enfant indocile. Ce qui est fait est fait, et rien ne peut le défaire. Sa Seigneurie s'en sortira très bien si elle a quelqu'un avec qui parler de temps en temps. C'est ce qui lui a manqué le plus. Elle a toujours vécu entourée de vieux domestiques, sans le moindre compagnon de son âge.

– Il devait pourtant bien y avoir des jeunes gens de son âge dans le voisinage, remarqua Conrad.

– Les seuls voisins qui auraient pu faire des amis honorables pour lady Delora n'appréciaient pas lord Denzil, capitaine.

Le ton d'Abigaïl était suffisamment significatif pour que Conrad n'insistât pas, sachant que cette conversation ne les mènerait nulle part, et il lui dit simplement :

– Je vais donner l'ordre au menuisier de préparer un cercueil pour Mme Melhuish. J'ai l'impression que plus vite nous l'immergerons, mieux ce sera pour lady Delora. Il est inutile de faire durer ces moments tragiques.

– Vous avez raison, capitaine, affirma Abigaïl. Et peut-être pourriez-vous faire en sorte que Sa Seigneurie ne reste pas trop longtemps seule à remuer de sombres pensées.

Conrad ne promit rien, mais il comprit que cet événement remettait en cause la décision qu'il avait prise d'éviter de se retrouver trop souvent seul avec Delora pendant la traversée. Le sentiment de culpabilité qu'elle éprouvait à l'idée qu'elle était peut-être responsable de la mort de la vieille dame, s'ajoutant à la crainte de ce qui l'attendait à Antigua, c'était plus qu'elle n'en pourrait supporter. Moins que jamais il n'avait le droit de la laisser livrée à elle-même.

– Quel gâchis ! murmura-t-il entre ses dents.

La journée se déroula normalement, occupée par des tâches qu'il exécutait machinalement, en capitaine expérimenté et conscient de son rôle. Mais ses pensées ne quittaient pas la jeune fille vulnérable qui était restée seule dans sa cabine.

Le cercueil de Mme Melhuish fut immergé le soir même.

Un petit groupe d'artilleurs fit une haie d'honneur et en l'absence d'un aumônier de bord, ce fut Conrad qui se chargea de lire l'office des morts.

Quand il avait appris que l'aumônier qui avait été nommé sur l'*Invincible* venait de tomber malade, et qu'on n'avait pas eu le temps de le remplacer, Conrad n'avait pas été réellement contrarié. Son expérience passée lui avait permis de constater que, trop souvent, on désignait comme aumôniers des prêtres qui s'étaient révélés incapables de s'occuper d'une paroisse à terre. Ceux qui choisissaient ainsi de partir en mer étaient tout aussi incompétents quand il s'agissait de réconforter les mousses et les aspirants qui avaient le mal du pays, ou les pères de famille inquiets du sort de leurs femmes et de leurs enfants.

La plupart de ces aumôniers s'adonnaient à la boisson et se contentaient de lire, le dimanche, des sermons qui duraient toujours trop longtemps. Il fallait même parfois que le capitaine intervienne pour limiter strictement leur temps de parole !

Conrad lut l'office d'une voix plus émue que ne l'aurait été celle d'un prêtre quelconque et les yeux de Delora s'emplirent de larmes, que n'expliquait pas seulement la peine qu'elle éprouvait d'avoir perdu Mme Melhuish. Son amour pour Conrad était si profond que le simple fait d'entendre sa voix et de le voir faisait monter en elle un trop-plein d'émotion.

« Je l'aime », se répétait-elle en l'écoutant réciter la prière.

Puis elle se mit à prier avec ferveur, en invoquant le Ciel pour qu'il lui soit permis de ne jamais le quitter et passer sa vie auprès de lui.

« Je vous en supplie, mon Dieu, laissez-nous vivre ensemble. Laissez-moi l'aimer... laissez-moi veiller sur lui... et protégez-le du danger. »

Il lui semblait que ses prières étaient emportées par le vent à la surface des vagues puis montaient vers un ciel gris dont les nuages allaient s'entrouvrir pour laisser passer un rayon de lumière qui prouverait que Dieu l'avait entendue.

Mais la mer s'étalait sous un ciel irrémédiablement chargé de nuages bas dans lesquels pas une faille ne se produisit.

On souleva le cercueil par-dessus bord et quand il pénétra dans l'eau, les fusiliers marins présentèrent les armes tandis que Conrad et les autres officiers se mettaient au garde-à-vous.

Le service était fini et Mme Melhuish les avait quittés pour toujours.

Quand Conrad la raccompagna à sa cabine, Delora était aveuglée par les larmes. Il la guida à l'intérieur et ferma la porte derrière eux.

– Ces événements vous ont bouleversée, Delora, constata-t-il.

– Ce n'est pas seulement sur... elle que je pleure, répondit Delora en essuyant ses yeux de son mouchoir, mais sur la mort en général qui me semble tellement... irrémédiable ! Si Mme Melhuish avait vécu, peut-être aurait-elle pu encore faire et voir beaucoup de choses...

– C'est ce qu'on croit quand on est jeune, rétorqua Conrad. Mais quand on est vieux on aspire à la paix et au repos.

Delora eut un pauvre petit sourire et enleva sa cape.

– Vous avez réponse à tout. Vous êtes tellement... sage.

Ses yeux rencontrèrent ceux de Conrad et elle ajouta doucement :

– Vous êtes un homme... merveilleux.

– Si vous parlez ainsi, lui fit remarquer Conrad, toutes mes bonnes résolutions vont s'envoler. Il faut que vous m'aidiez à me conduire selon mon devoir. Ce ne sera pas facile.

– De quel devoir voulez-vous parler ? demanda Delora. De celui que vous avez envers la mer, les étoiles, ou envers mon futur mari qui ne m'épouse que pour mon argent ?

Il y avait tant d'amertume dans sa voix que Conrad la considéra avec ébahissement, incapable de lui répondre. Et, obéissant à une force qui le dépassait, il s'avança vers elle et la prit dans ses bras.

— Quoi qu'il arrive, lui dit-il, ne vous laissez jamais détruire, gardez votre courage. Je veux qu'à partir de cet instant précis, et jusqu'à la fin de ce voyage, vous soyez heureuse, et jamais plus vous ne devez parler sur ce ton.

Il la serra contre lui et elle enfouit son visage dans le creux de son épaule.

Ils restèrent enlacés un long moment. Quand elle releva la tête vers lui, toute amertume avait disparu de son regard qu'illuminait une joie intense.

— Est-ce un ordre, capitaine ? demanda-t-elle, avec un sourire sur les lèvres.

5

Les jours fuyaient à tire-d'aile et malgré le ciel imperturbablement gris, Delora avait l'impression d'être environnée d'un perpétuel soleil.

Le temps changea brusquement, de façon spectaculaire. Le vent de sud-ouest qui soufflait en tempête, soulevant des vagues aussi hautes que les vergues, tomba du jour au lendemain. Ils se réveillèrent un matin sous un ciel uniformément bleu, balancés par une douce brise de sud-est.

La mer aussi était devenue bleue, d'un bleu semblable à celui des yeux de Delora. Des poissons volants et des marsouins accompagnaient le navire avec des grâces de ballerine.

Tout n'était qu'enchantement pour Delora qui ne se lassait pas de regarder Conrad, de l'écouter et, quand ils étaient seuls, de le toucher.

Son amour pour lui était comme une lumière qui l'éclairait de l'intérieur et la rendait plus belle encore qu'elle ne l'était auparavant.

Son bonheur était contagieux et tout le navire avait été contaminé : les hommes sifflaient en travaillant, et le soir on entendait, montant des ponts inférieurs, les échos des chants des matelots. Il n'y avait pas de véritables musiciens à bord, et Delora avait renoncé à demander que l'on joue de la musique pour elle, mais ces chants résonnaient joyeusement sur tout le navire.

Conrad semblait s'être détendu à la faveur de cette euphorie générale, et, quand il ne donnait pas de dîners dans sa cabine, il passait ses soirées seul avec Delora.

Sa conscience le tourmentait parfois, mais Delora lui avait assuré que personne n'avait le droit de les juger tant qu'ils étaient sur ce bateau. Bientôt, pourtant, ils allaient arriver à Antigua, et il faudrait qu'il tienne le serment qu'il s'était fait de ne plus jamais la revoir.

L'idée qu'elle porterait le nom d'un autre lui était déjà difficilement supportable. Mais de savoir que cet autre était lord Grammell, qui devait déjà se frotter les mains en compagnie de Denzil en pensant à la fortune que Delora allait lui apporter, l'empêchait de dormir. Il lui arrivait de se lever au milieu de la nuit pour aller arpenter le pont, jusqu'à ce que l'épuisement ait raison de son tourment.

La compagnie de Delora était une perpétuelle source de bonheur dont le souvenir le poursuivrait jusqu'à sa mort.

– Parlez-moi de vous, suggérait-elle de sa voix douce. Comment étiez-vous, petit garçon ? Quand avez-vous décidé de devenir marin ?

Conrad s'efforçait de satisfaire sa curiosité en lui confiant des secrets qu'il n'aurait jamais admis de dévoiler devant aucune autre femme, et, en l'écoutant raconter les anecdotes de son enfance et de son adolescence, Delora, dont l'amour s'affermissait chaque jour, rêvait de lui donner un jour un fils qui lui ressemblerait.

Ce désir ne faisait qu'augmenter la crainte qu'elle avait de mettre au monde un monstre aussi horrible que son père, si elle avait le malheur de concevoir un enfant de l'époux qui l'attendait à Antigua. Mais comme ils s'aimaient trop l'un l'autre pour se faire souffrir inutilement, ils évitaient d'évoquer ensemble ce qui allait se passer à leur arrivée.

Cette perspective ne quittait pourtant jamais leur esprit et quand il voyait Delora frissonner tandis qu'une grimace pathétique déformait sa jolie bouche, Conrad la prenait dans ses bras et l'embrassait jusqu'à lui faire oublier le monde extérieur.

— Peut-être ai-je commis une erreur, lui dit-elle un soir.

— Quelle erreur ? demanda-t-il.

— Peut-être aurais-je dû exiger, puisque la terre est ronde, que vous continuiez à naviguer autour d'elle, jusqu'à nous perdre dans l'infini...

Conrad sourit.

— Il va nous falloir bientôt trouver un port. Les provisions commencent à diminuer. Nous avons besoin de légumes, de fruits et surtout d'eau douce.

— Abigaïl ne me laisse pas boire une goutte d'eau qu'elle n'ait préalablement fait bouillir.

— C'est une sage précaution, approuva Conrad. Mais je serai quand même plus tranquille quand nous pourrons remplir à nouveau nos tonneaux. Quand vous verrez des arbres ployant sous le poids de leurs fruits et des fleurs éclatantes partout où vos regards se posent, vous saurez que nous avons atteint les Antilles.

Delora garda le silence et Conrad comprit que pour elle les Antilles n'étaient pas le paradis qu'il lui décrivait.

Il la serra dans ses bras.

La chaleur augmentait chaque jour et Delora se promenait sur le pont revêtue de robes de mousseline légère, à l'abri d'une ombrelle qui la protégeait des rayons du soleil.

Un jour comme les autres, alors que tout autour d'eux semblait avoir été trempé dans l'or, Conrad, debout sur la dunette, regardait Delora s'avancer sur le gaillard d'arrière, aussi fraîche et élégante que si elle se rendait à une garden-party. Comme attirée par le magnétisme de son regard, la jeune fille leva la tête vers lui et un sourire illumina son visage délicat. L'espace d'un instant, ils se sentirent aussi proches l'un de l'autre que s'il l'avait tenue dans ses bras, et leurs cœurs battirent à l'unisson.

Soudain, comme venue d'une autre planète, la voix de la vigie retentit :

— Voiles devant ! Et je crois que j'entends des canons !

Conrad envoya un aspirant en haut du mât et quelques minutes plus tard, celui-ci lui annonça en criant :

— Il doit y avoir plusieurs bâtiments, capitaine ! Mais je n'en suis pas sûr.

Deakin rejoignit Conrad sur la dunette.

— Dois-je faire battre le branle-bas de combat, mon capitaine ?

— Oui, Deakin, allez-y, répondit Conrad. Et faites aussi sortir et charger les canons, s'il vous plaît.

L'*Invincible* garda son cap, poussé par un vent régulier, et dans sa longue-vue, Conrad découvrit un petit convoi de quatre ou cinq navires marchands battant tous pavillon anglais, qu'attaquaient deux navires corsaires.

C'étaient les deux bateaux de ce genre les plus grands et les plus beaux que Conrad ait jamais vus. Ils devaient tout juste sortir d'un chantier de construction navale et semblaient très bien armés. Les navires marchands n'avaient aucune chance contre eux.

Quand l'*Invincible* se rapprocha d'eux, il constata que les bateaux anglais s'étaient regroupés, les filets d'abordage ayant déjà été gréés, et qu'ils avaient mis leurs canons en batterie. Bien qu'ils ne pussent opposer qu'une faible défense à leurs adversaires, ils apporteraient à l'*Invincible* une aide appréciable.

La manœuvre s'avérait plus que délicate car l'*Invincible*, en ouvrant le feu contre les corsaires, risquait d'endommager les navires marchands.

Tandis qu'il cherchait le moyen de parer à cette difficulté, les corsaires, conscients de l'avantage qu'elle leur procurait, se placèrent de façon à garder les navires marchands entre eux et l'*Invincible*.

Avec leurs coques noires et effilées, et leurs mâts fortement penchés, ils offraient un spectacle splendide, qu'aucun marin, fût-il leur ennemi, ne pouvait s'empêcher d'admirer. Leurs étraves fendaient l'écume blanche des vagues, et ils gîtaient sous le vent avec une dangereuse efficacité.

Conrad évalua leur équipage à au moins cent cinquante hommes et estima qu'il lui faudrait arriver à se glisser entre eux et le convoi pour les attaquer. Mais, devinant son intention, les corsaires se rapprochèrent au maximum des navires marchands et ouvrirent le feu.

Il n'était toutefois pas dans l'intérêt des corsaires de couler les Anglais : c'était la cargaison qui les intéressait et ils enverraient ensuite les navires eux-mêmes dans le port américain le plus proche comme prises de guerre. La supériorité en armes dont ils jouissaient et les manœuvres d'intimidation auxquelles ils s'étaient livrés devaient déjà avoir porté atteinte au moral des équipages anglais.

Conrad fixait l'ennemi, calculant sa vitesse et observant sa route. Le corsaire de tribord arriverait le premier devant le convoi et à supposer qu'il le mette hors de combat, l'*Invincible* aurait ensuite une minute ou deux pour s'occuper du second.

– Changez de cap, barre à tribord !

– Barre à tribord, répéta derrière lui le maître d'équipage.

L'*Invincible* vira de bord, parvint à tenir le vent, et se glissa entre le corsaire et le bâtiment anglais le plus proche.

L'espace était restreint, mais l'*Invincible* réussit à passer tandis que le commandant du navire marchand s'écartait en douceur de son chemin.

– À vos canons ! ordonna Conrad. Deakin, ajouta-t-il à l'intention de son second, faites tirer une bordée sur le corsaire à l'instant précis où nous arriverons à sa hauteur !

Tous les canons de l'*Invincible* tirèrent exactement au même moment, dans une formidable explosion.

Quand il vit tomber les mâts du corsaire, Conrad sentit un cri de joie monter dans sa poitrine mais une violente douleur lui déchira la jambe et le monde se désagrégea autour de lui. Il plongea dans les ténèbres.

Quand Conrad reprit conscience, il était environné par un brouhaha de voix confuses. Il avait l'impression d'avoir le crâne fendu en deux et d'être cloué sur une surface dure.

Devant ses yeux, le brouillard sembla se dissiper et il put identifier la voix qui disait :

– Je dois faire mon devoir, lady Delora. Je suis le chirurgien de bord, et le seul responsable de cette opération !

– Il n'est pas question que vous amputiez le capitaine Horn sans sa permission !

Le ton était courtois mais ferme, et Conrad, comprenant à qui appartenait cette seconde voix, ouvrit les yeux. Il aurait voulu demander ce qui se passait, mais les mots refusaient de franchir ses lèvres.

Il découvrit alors qu'on l'avait allongé sur la table d'opération et que plusieurs personnes étaient à son chevet. Le cœur battant, il se demanda où il avait été blessé.

Delora se pencha au-dessus de lui et dit :

– Vous êtes réveillé ! Est-ce que vous m'entendez ?

– Oui... je vous... entends.

Sa voix, à peine perceptible, tout d'abord, devint plus nette.

– Écoutez, Conrad, c'est important, lui dit Delora. Le chirurgien veut vous amputer. Mais votre jambe n'a été touchée que par de la mitraille, et Abigaïl et moi pouvons vous soigner. Je sais que nous vous guérirons et que vous remarcherez bientôt comme avant.

– C'est très peu probable, capitaine, intervint le chirurgien. Et si la gangrène s'y met, vous savez aussi bien que moi ce qui vous attend : c'est la mort !

– Je vous en prie, Conrad, laissez-nous essayer de vous sauver, supplia Delora.

Conrad avait plutôt l'impression d'avoir été blessé à la tête et il avait du mal à se concentrer sur ce qu'on lui demandait. Il fit pourtant un effort pour y parvenir : Delora avait raison. Les chirurgiens de bord avaient la fâcheuse habitude de débiter les hommes en morceaux, comme des quartiers de bœuf.

– Je m'en… remets… à vous, dit-il à Delora.

Sa voix était faible, et, épuisé par l'effort qu'il venait de fournir, il ferma les yeux. Mais il entendit encore Delora dire au chirurgien :

– Ce sont les ordres du capitaine. Je vais m'occuper de lui. Profitez-en pour aller soigner les autres blessés.

– Vous le regretterez, lady Delora, répliqua le chirurgien d'un ton mauvais.

Quand il fut sorti, Abigaïl prit une sonde au milieu de ses instruments.

– Tu as le laudanum ? demanda Delora.

– Oui, milady, le voilà.

– Je lui en donnerai dès qu'il reprendra connaissance. En attendant, commence à retirer les éclats de sa jambe.

Plus tard Conrad apprit qu'il n'avait été atteint heureusement que par la charge de l'un des plus petits canons du corsaire. Le choc l'avait jeté par terre sur le pont et c'est en tombant que sa tête avait violemment heurté les instruments de navigation qui étaient derrière lui et qu'il s'était évanoui.

On l'avait transporté dans la pièce où le chirurgien était en train d'opérer un autre blessé, et Barnet avait couru prévenir Delora. Nul n'avait songé à violer le règlement qui voulait que les blessés attendent leur tour pour être soignés, quel que soit leur grade.

C'était ce qui avait sauvé Conrad de l'amputation.

Quand Delora et Abigaïl étaient arrivées, le

chirurgien avait dégagé la jambe de Conrad de son pantalon, et elles avaient pu examiner la blessure. Seules les chairs étaient atteintes, et bien qu'elles fussent profondément entamées, l'os était intact.

Le genou et le bas de la jambe ayant été totalement épargnés, Abigaïl avait affirmé immédiatement que si elle réussissait à sortir les éclats de mitraille qui avaient pénétré dans le mollet et à enrayer l'infection, la jambe entière pourrait être sauvée.

Au cours des dernières années Delora avait rencontré suffisamment d'hommes que l'on avait amputés sur le champ de bataille, et qui ne pouvaient plus se déplacer qu'en clopinant sur leur jambe de bois ou en s'aidant de béquilles pour savoir ce que ressentirait Conrad s'il se retrouvait infirme.

– Nous devons sauver sa jambe, Abigaïl ! s'était-elle écriée.

– Je crois que c'est possible, avait assuré Abigaïl d'un ton ferme. Mais il va falloir fouiller profondément les chairs, et il va souffrir.

Delora s'était alors souvenue que, lorsqu'on l'avait amputé de son bras, on avait donné à lord Nelson de l'opium pour calmer la douleur après l'opération. Sachant que Mme Melhuish avait toujours du laudanum qu'elle prenait à petites doses quand elle avait des maux de tête, elle avait chargé Barnet d'aller chercher le médicament dans la cabine de la vieille dame. Il en avait retrouvé une bouteille aux trois quarts pleine qu'il avait rapportée à Abigaïl. C'était une chance pour Conrad qui, sans cela, aurait dû se contenter de la gorgée de rhum et du morceau de cuir à mordre pendant l'opération qu'on donnait à la plupart des hommes.

Le chirurgien, qui venait d'en terminer avec son premier patient, s'était approché de la table d'opération, et, tout en essuyant son couteau avec un chiffon déjà taché de sang, il avait dit à Delora :

– Sa Seigneurie ferait mieux de retourner dans sa cabine. Ce n'est pas le genre de spectacle qui lui convient.

Mais Delora ne l'avait pas laissé faire, et, quelques minutes plus tard, Abigaïl avait commencé à fouiller les chairs déchiquetées pour en extraire tous les éclats de métal.

N'écoutant que son courage, la jeune fille était restée auprès d'elle, surveillant le visage de Conrad. Quand elle l'avait vu bouger, elle lui avait fait avaler quelques cuillerées de laudanum et il avait sombré dans l'inconscience.

Conrad ne rouvrit les yeux que tard dans la nuit, et pendant un long moment, il resta incapable de se souvenir de ce qui lui était arrivé.

Il s'aperçut que le lit où il était allongé n'était pas le sien, et il en considéra avec étonnement les montants sculptés. Il prit alors conscience d'une présence à ses côtés et reconnut Abigaïl.

La servante posa sa main sur son front moite, puis elle lui souleva la tête et introduisit entre ses lèvres un liquide frais et sucré.

Sa tête retomba sur l'oreiller et, se souvenant de la discussion avec le chirurgien, il demanda :

– Ma... ma jambe ?

– Vous l'avez toujours, répondit Abigaïl. Maintenant, vous pouvez dormir, capitaine. Le sommeil est le meilleur des remèdes.

Il se rendormit immédiatement, sous l'effet de la potion qu'elle venait de lui faire boire.

Quand il se réveilla de nouveau, il faisait jour, et les rayons du soleil jetaient une aura de lumière dorée autour du visage de Delora qui se tenait penchée au-dessus de lui.

– Vous m'entendez, Conrad ? demanda-t-elle.

Il esquissa un sourire et sentit qu'elle enlevait la compresse qui lui pesait sur le front pour la changer. Une impression de fraîcheur lui envahit le visage, mais tout son corps restait brûlant. Il se dit qu'il avait de la fièvre et que sa blessure était peut-être infectée. Mais son inquiétude fut de courte durée, car il glissa à nouveau dans le vide.

Il fallut attendre plusieurs jours pour qu'il retrouve ses esprits. Sa première surprise fut de se retrouver dans sa cabine de capitaine, qu'il avait laissée à Delora au début du voyage.

– Pourquoi suis-je ici ? demanda-t-il.

– Lady Delora en a décidé ainsi, répondit Abigaïl. C'est plus commode pour vous soigner que si vous étiez sur le pont inférieur.

– Où dort lady Delora ?

– Dans la cabine de Mme Melhuish. Elle est très confortable, ne vous inquiétez pas. Vous ne devez penser qu'à vous rétablir au plus vite pour prouver à ce boucher qui se prétend chirurgien que c'est nous qui avions raison !

Le ton agressif d'Abigaïl fit sourire Conrad, mais sa bouche se crispa en un rictus douloureux.

Les jours suivants, sa jambe le fit tellement souffrir, notamment lorsqu'on refaisait le pansement, qu'il lui arriva de souhaiter l'avoir perdue. Ce n'était heureusement qu'une pensée fugitive due à l'excès de douleur.

Il refusait toutefois de prendre du laudanum, même quand Abigaïl nettoyait, deux fois par jour, sa plaie à l'alcool pour prévenir les risques de gangrène. Elle lui appliquait ensuite des compresses enduites de miel.

— Quand nous serons à terre, j'irai chercher des herbes qui vous guériront plus sûrement que tous les remèdes qu'utilisent les médecins, affirmait-elle de sa voix rude.

Conrad ébauchait un sourire. Il voulait guérir. Pour lui, et pour Delora. Pour prouver qu'elle avait eu raison de croire qu'il remarcherait un jour sans béquilles ni canne.

Dès qu'il fut sorti de la léthargie dans laquelle sa chute et le laudanum l'avaient plongé, il envoya chercher son second pour connaître ce qui s'était passé après qu'il avait été blessé.

— Nous avons coulé le premier corsaire, expliqua Deakin d'un ton joyeux, et le second est en route pour Plymouth, sous le commandement de Watkinson.

— Une prise que l'Amirauté appréciera sans aucun doute ! s'exclama Conrad. Car je crois que nous avons beaucoup à apprendre des Américains en matière de navires rapides.

— Je n'ai jamais vu de bateau aussi bien adapté au genre de missions qui lui étaient confiées, reconnut Deakin. Et la marine va sûrement vous verser une jolie somme pour sa capture, capitaine.

— Et à vous aussi, Deakin.

Ils sourirent tous les deux en songeant à la récompense qui serait partagée entre le capitaine et l'équipage comme il était de tradition pour toute prise de guerre.

— Combien de pertes de notre côté ?

— Deux morts : Brown et Higgins. Et douze blessés.

Conrad fronça les sourcils et Deakin s'empressa de changer de sujet.

Au moment où il allait se retirer, Conrad lui posa la question qui le hantait :

– Dans combien de jours atteindrons-nous Antigua ?

– Neuf ou dix jours, répondit le second. J'ai ralenti la marche de l'*Invincible*, depuis que vous avez été blessé, capitaine. Mieux vaut se montrer prudent avec un navire endommagé.

– Endommagé ? répéta Conrad d'un ton abrupt.

– Oh, rien de très grave, mais il nous faudra rester plusieurs semaines au chantier avant que l'*Invincible* ne soit prêt à livrer une nouvelle bataille.

Conrad ne savait pas très bien s'il devait ou non se réjouir de ce séjour forcé à Antigua. Il s'était en effet persuadé que dès Delora débarquée, et qu'il aurait réapprovisionné le bateau, il conviendrait de mettre le plus de distance possible entre elle et lui, car il ne pourrait pas supporter de la voir en compagnie d'un homme qui ne s'intéressait qu'à sa fortune.

Delora avait posé la même question à Deakin, et après le départ de ce dernier, elle vint s'asseoir au bord du lit de Conrad et glissa sa main dans la sienne.

– Nous avons encore plus d'une semaine à passer ensemble, annonça-t-elle doucement.

– Je devrais vous remercier de m'avoir gardé en vie et d'avoir sauvé ma jambe, dit Conrad, mais je me demande maintenant s'il n'aurait pas mieux valu pour moi que je meure.

– Tant qu'il y a de la vie, il y a de l'espoir, répliqua Delora d'une voix apaisante. Et parce que j'ai beaucoup prié et que je crois en la miséricorde de Dieu, j'espère encore.

Conrad poussa un profond soupir.

– Chère petite Delora, une femme plus merveilleuse que vous peut-elle exister ?

– Et un homme aussi valeureux que vous, Conrad ?

Elle lui expliqua que tous les officiers et presque tous les hommes d'équipage avaient défilé devant sa cabine pour prendre de ses nouvelles pendant la nuit qui avait suivi la bataille.

– Ils avaient besoin de savoir que vous étiez toujours en vie pour se sentir rassurés. Tous craignaient de perdre un capitaine tel que vous.

Delora fit une courte pause et précisa :

– Ce n'est pas seulement le glorieux capitaine qu'ils admirent en vous, mais aussi le chef bon et généreux qui traite ses hommes comme des êtres humains et non comme des bêtes de somme.

Ces paroles réconfortèrent Conrad et, sachant que rien ne lui faisait plus plaisir que d'entendre parler de son équipage, Delora lui raconta toutes les anecdotes qu'elle avait pu glaner à bord.

– Si seulement nous pouvions mieux le nourrir ! grommelait Abigaïl qui faisait cuire la viande salée pendant des heures pour préparer du bouillon et pillait les provisions du bord pour essayer de redonner des forces à Conrad.

Elle avait refusé, au moment où il avait eu le plus de fièvre, qu'on lui fasse une saignée. C'était contraire aux habitudes médicales du temps et le chirurgien avait quitté la cabine en murmurant une fois de plus que les jours du capitaine Horn étaient comptés.

Un homme d'équipage était mort pendant qu'on l'amputait d'un bras, et un autre, à qui on avait coupé le pied sous prétexte qu'un éclat de bois s'y était logé, avait souffert pendant trois jours les affres d'une agonie affreuse avant de rendre le dernier soupir. Delora avait demandé à Deakin et à Barnet de ne pas en parler à Conrad.

– Cela le bouleverserait, leur avait-elle expliqué. Et il ressentirait comme une injustice que nous ayons sauvé sa jambe pendant que le chirurgien massacrait d'autres blessés.

– Comme si la seule façon de sauver la vie d'un blessé était de supprimer le membre atteint ! avait soupiré Deakin.

– Vous voyez maintenant que l'on peut faire autrement, avait répondu Delora, et peut-être qu'en rentrant en Angleterre, Conrad pourra invoquer son exemple personnel pour obtenir de l'Amirauté qu'un minimum de connaissances soit exigé de la part des chirurgiens.

– J'ai bien peur que personne ne l'écoute, à l'Amirauté, avait remarqué Deakin. Les idées nouvelles leur font peur. Non, ce qu'il faudrait, c'est que quelqu'un accepte de soumettre le problème au Parlement.

– Je suis sûre que Conrad trouvera quelqu'un pour le faire, avait répondu Delora avec confiance.

Elle-même avait envisagé d'en parler à son frère Denzil. Peut-être pourrait-il, de son côté, l'évoquer devant la Chambre des lords. Mais elle s'était rendu compte du peu d'espoir qu'il y avait de le sortir de son indifférence à tout ce qui n'était pas son plaisir personnel.

« Et dire que je vais le revoir dans quelques jours », avait-elle pensé avec un frisson d'horreur.

Elle avait alors décidé de ne pas perdre une seule minute du temps qui lui restait à passer avec Conrad.

Quand elle revint dans la cabine du capitaine

le lendemain, Abigaïl et Barnet terminaient son pansement. Conrad, très pâle, était appuyé sur ses oreillers et serrait les dents.

Son arrivée fut pour lui comme l'irruption d'un rayon de soleil à travers les nuages noirs. Il oublia ses souffrances et réussit à lui sourire.

– Est-ce que vous avez dormi ? lui demanda-t-elle.

– Je me suis reposé et j'ai pensé à vous.

Barnet et Abigaïl se retirèrent pour aller jeter les linges souillés et préparer une tasse de thé pour Conrad.

– Il va faire chaud aujourd'hui, remarqua Delora. Si nous vous transportions sur le pont, vous pourriez profiter un peu du soleil.

Conrad réfléchit un moment à cette suggestion.

– Je crois qu'Abigaïl ne tient pas à ce que je bouge trop avant notre arrivée. Je serai bien obligé alors d'aller à terre.

– Où... allez-vous... habiter ?

Conrad perçut une note de peur dans la voix de la jeune fille. C'était la première fois qu'ils évoquaient ce problème ensemble.

– J'espère que je pourrai occuper la maison de l'amiral Nelson, qui se trouve près du port et des chantiers.

Après un instant de silence, Delora demanda dans un souffle :

– Et moi... j'en serai... loin ?

Conrad saisit ses mains dans les siennes.

– Je ne sais pas, ma douce enfant, avoua-t-il. Le gouverneur réside à Saint John, à plusieurs kilomètres de là. Mais il a aussi une maison sur la colline qui surplombe le port.

Delora le fixait avec une attention presque insupportable. Il précisa :

– Clarence House – c'est son nom – a été

construite en 1787 pour le prince William, duc de Clarence. Il vivait à Antigua quand il commandait le *Pegasus*.

– Vous croyez que je pourrai y loger ?

– C'est une idée qui m'est venue. On m'a dit que lord Grammell l'utilisait comme maison de campagne, et comme je pense peu probable qu'il vous installe dans sa résidence officielle avant votre mariage...

Ce mot arracha un soupir à Delora. Elle se pencha et appuya son front contre les mains de Conrad qui retenaient toujours les siennes.

– Comment pourrai-je supporter une telle situation ?... Comment pourrai-je épouser... un autre... que vous ?

Les mots, à peine audibles, butaient sur ses lèvres mais Conrad n'avait pas besoin de les entendre pour en comprendre le sens.

Il augmenta la pression de ses doigts, comme s'il suffisait d'un geste pour la consoler... Mais il n'était que trop conscient de son impuissance face à un tel désarroi.

La porte s'ouvrit à ce moment-là, et Abigaïl entra dans la cabine. Delora se releva brusquement et courut vers le hublot pour cacher ses larmes.

Une semaine plus tard, ils dînèrent ensemble pour la dernière fois. Comme pour leur premier repas en tête-à-tête, les chandelles brillaient sur la table. Et si le menu en était bien différent, ils ne s'en aperçurent guère. On aurait pu leur servir le nectar et l'ambroisie qu'ils ne l'eussent pas remarqué tant ils étaient absorbés par la pensée l'un de l'autre.

Aucun d'eux n'osait rompre le silence et quand leurs yeux se croisaient, les mots mouraient sur leurs lèvres. C'était comme si leurs cœurs avaient besoin de silence pour mieux se parler.

– Vous… vous ne m'oublierez pas ? demanda enfin Delora quand la table fut desservie.

Elle était allée s'asseoir sur le lit à côté de Conrad, et il avait passé son bras autour de ses épaules, pour qu'elle puisse appuyer sa tête contre lui.

Il déposa un rapide baiser sur son front. Ils craignaient l'un et l'autre de se laisser entraîner par leurs sentiments, et de perdre tout contrôle d'eux-mêmes.

– Vous savez bien que non, répondit Conrad à voix basse. Partout où j'irai, serait-ce à l'autre bout du monde, vous resterez présente à mes côtés pour me guider et m'aider de votre amour, comme en ce moment.

– Et vous serez toujours près de moi, dit Delora. Je voudrais mourir, pour que plus rien ne nous sépare…

Elle avait prononcé ces mots avec une conviction si pathétique que Conrad réagit avec violence :

– « Tant qu'il y a de la vie, il y a de l'espoir » : vous me l'avez dit vous-même ! Efforçons-nous de croire qu'un jour le destin sera assez clément pour nous réunir dans ce monde.

Elle se serra contre lui, et il devina ses pensées : lord Grammell était vieux et ils n'auraient peut-être pas à attendre longtemps ce moment-là. Mais l'idée de ce qu'elle allait devoir endurer tant qu'il vivrait lui était une souffrance bien plus insupportable que celle qu'avait provoquée sa blessure à la jambe. Comment pouvait-elle seulement imaginer, dans son innocence, l'état

110

de dépravation qu'avaient atteint des hommes comme Denzil ou lord Grammell dans ce qu'ils appelaient leur « recherche du plaisir »?

Ce qu'elle allait avoir à subir entre les mains d'êtres aussi vils donnait à Conrad des envies de meurtre. Il ne pouvait même pas la préparer aux épreuves qui l'attendaient, et peut-être eût-il mieux valu qu'il se tue après l'avoir tuée plutôt que de l'abandonner à ses souffrances en priant pour que se produise un miracle.

Delora ne parvenait pas à quitter Conrad. Il se sentit finalement obligé de l'envoyer se reposer.

— Il faut aller vous coucher, mon cher amour, lui dit-il.

— Vous voulez vraiment que je... m'en aille ?

— Non, je ne le veux pas. J'aimerais au contraire vous garder près de moi encore et toujours, mais nous devons tous les deux nous montrer courageux.

Elle se retourna tout doucement, en évitant de lui faire mal, et mit ses bras autour de son cou.

— Je vous aime parce qu'on ne peut pas résister aux mouvements de son cœur, mais je vous aime aussi avec ma raison, parce que vous avez une âme noble. Quoi qu'il m'arrive désormais, j'essaierai en toutes circonstances de me conduire de telle sorte que vous puissiez être... fier de moi.

Elle avait parlé avec tant de sincérité que Conrad sentit les larmes lui monter aux yeux. Il voulut attribuer ce moment de faiblesse à l'état d'infériorité auquel l'avait réduit sa blessure mais il savait au fond de lui qu'il cherchait à se leurrer lui-même. Le courage dont Delora faisait preuve en cet instant, aucune femme au monde ne l'aurait manifesté avec une telle simplicité.

Il la retint contre lui, et quand leurs lèvres

s'unirent, ce ne fut point une étreinte passionnée comme les précédentes. Ce fut un moment d'extase divine qui leur donnait toute la mesure d'un amour sacré qui transcendait le monde des humains.

Elle s'accrocha à lui avec la force du désespoir et il aurait voulu pouvoir mourir pour la sauver. Mais son devoir était de vivre, au contraire, pour lui insuffler le courage de ne pas se tuer.

Car il savait que cette idée était enfouie en elle et pour prévenir tout geste définitif, il ajouta :

– Gardons la foi, mon amour, et prions. Prions pour qu'un jour nous trouvions le bonheur et recommencions une vie nouvelle ensemble.

Les bras de Delora se nouèrent autour de son cou et il continua :

– L'heure la plus sombre de la nuit précède toujours l'aube, et c'est celle que nous traversons maintenant. Mais nous savons tous les deux que le jour se lèvera. Promettez-moi de ne jamais laisser le désespoir vous submerger, et de garder la foi.

– J'ai foi... en vous, répondit Delora. Jurez-moi, sur tout ce que vous avez de sacré, que vous croyez vous aussi que nous avons une chance d'être réunis un jour.

Conrad réfléchit un moment avant de répondre :

– Il m'est arrivé, au cours de combats dans lesquels j'avais tout contre moi, alors qu'il n'était pas possible que je m'en sorte, d'avoir l'intuition, inexplicable, que la victoire m'attendait.

– Et vous avez une intuition semblable aujourd'hui ? demanda Delora.

– Je vous jure, non seulement sur tout ce que j'ai de sacré, mais sur vous, qui êtes pour moi

112

plus que le Ciel et la terre réunis, qu'au fond de moi je garde l'idée que nous serons réunis un jour.

Delora poussa un petit cri.

– Oh, Conrad, mon amour, je veux y croire, moi aussi, et nous prierons tous les deux pour que ce jour soit proche.

– Il est sûrement très proche, assura Conrad d'une voix calme avant de l'embrasser encore.

6

Il y avait très peu de vent cette nuit-là, et Deakin ne voulait pas forcer l'*Invincible*.

Ce n'était pas seulement par égard pour son capitaine, mais aussi à cause des dégâts consécutifs à l'attaque des corsaires. Le pont inférieur de l'*Invincible* avait été beaucoup plus endommagé qu'il ne l'avait laissé entendre à Conrad. C'était d'autant plus fâcheux que c'était la partie la plus sensible du bateau. En cas de houle trop forte ou de changement de cap, ils risquaient d'embarquer de l'eau.

Ils progressaient donc lentement, sur une mer paisible, et le lendemain matin, Delora apprit qu'ils arriveraient au port vers midi.

Dès qu'Abigaïl eut fini de panser sa blessure, elle alla voir Conrad qu'elle trouva assis dans son lit. Barnet avait déjà préparé ses vêtements sur une chaise. Delora les considéra d'un air sceptique.

– Croyez-vous qu'il soit sage de vous habiller ?

– J'ai l'intention, répondit Conrad, pour autant que j'en sois capable, de faire une arrivée réussie.

Bien qu'il sourît, Delora savait qu'il parlait sérieusement. Il voulait montrer à lord Grammell et à Denzil qu'il était maître à bord, même s'il ne pouvait rien pour elle.

Elle s'approcha du lit et il lui tendit la main.

– Vous êtes très belle ce matin, ma chérie.

Elle prit sa main et s'y accrocha comme pour ne pas sombrer dans le désespoir qui la menaçait.

– J'ai... quelque chose à vous demander, murmura-t-elle.

– De quoi s'agit-il, mon amour ?

– Ne vous montrez pas désagréable avec Denzil et ne lui laissez pas voir les sentiments qu'il vous inspire.

Conrad essaya de dissimuler sa surprise.

– Pourquoi me demandez-vous cela ? dit-il avec calme.

– Parce que Abigaïl affirme qu'il est important qu'elle continue à faire vos pansements, et que je ne veux pas que Denzil refuse de la laisser faire.

– Vous pensez qu'il en serait capable ?

Delora hésita un instant avant de répondre :

– Vous savez bien qu'il vous hait !

Conrad leva un sourcil.

– Je ne vois pas pourquoi il me haïrait, à moins, bien sûr, que vous ne fassiez allusion aux vieilles querelles familiales.

– Pas seulement; il a une raison beaucoup plus personnelle de vous haïr.

– Quelle est donc cette raison ?

– Oubliez-vous que vous restez l'héritier du titre, tant que Denzil n'a pas de fils ?

Conrad la considéra avec des yeux incrédules.

– C'est vrai ?

– Mais évidemment ! s'exclama Delora. Je pensais que vous le saviez.

– Ça ne m'était jamais venu à l'esprit, rétorqua Conrad. Il y a quelques semaines, je ne connaissais même pas votre existence, et j'ignorais le nombre d'enfants que votre père avait eus. Il aurait aussi bien pu avoir six fils.

– Il n'en a eu qu'un, et lui-même était fils unique, expliqua Delora. Et Charlotte, l'épouse de Denzil, qui est une femme charmante, n'a que trois filles pour l'instant.

Elle hésita un instant avant d'ajouter d'une voix sourde :

– Elle a très mal supporté la naissance de sa dernière fille. Denzil était furieux que ce ne soit pas un garçon, mais les docteurs ont insisté pour qu'elle se repose avant une nouvelle maternité. C'est une des raisons pour lesquelles il est venu à Antigua.

Tout ce que Delora apprenait à Conrad de la vie de Denzil ne faisait que renforcer son mépris pour son cousin, mais il n'en laissa rien paraître. Devant son silence, elle poursuivit, au bout d'un moment :

– Je veux vous revoir moi aussi... Il faut que je vous revoie après notre arrivée... Aussi, je vous en prie, cher Conrad... soyez aimable avec Denzil... et nous pouvons espérer qu'il ne s'opposera pas à ce que nous soyons réunis une dernière fois... et à ce qu'Abigaïl vous soigne.

Pour ne pas l'inquiéter, néanmoins, elle se hâta de préciser :

– Elle a évidemment expliqué à Barnet tout ce qu'il convenait de faire, au cas où Denzil m'emmènerait à l'autre bout de l'île, mais j'ai tellement prié pour que nous restions dans cette maison dont vous m'avez parlé... pas trop loin... de vous, que j'espère être exaucée.

Cette proximité lui serait-elle une joie ou un supplice, Conrad n'en savait rien. Il était dans l'expectative, comme Delora qui attendait avec angoisse que l'*Invincible* entre dans le port où Denzil les accueillerait sans doute.

Pendant que Barnet aidait Conrad à s'habiller, Delora monta sur le pont et contempla les îles vertes et boisées qui s'offraient au regard.

Tandis qu'ils glissaient sur des eaux d'un bleu profond, elle commença à distinguer les plages de sable blanc et doré, bordées d'épaisses franges d'arbres. Elle essaya de reconnaître les cèdres rouges et les petits cyprès dont Conrad lui avait parlé et qui poussaient sur les collines alors que les cocotiers et les palétuviers bordaient les côtes. Bientôt les fleurs rouge vif des flamboyants se détachèrent sur le paysage vivement coloré.

Elle aperçut ensuite les bâtiments qui constituaient ce que Deakin lui avait dit s'appeler le Port anglais et l'arsenal de Nelson, et vit, enfin, sur une colline, une magnifique maison qui n'était autre, elle allait l'apprendre un peu plus tard, que Clarence House.

Quand l'*Invincible* jeta l'ancre, Delora se sentit de nouveau submergée par la peur que lui inspirait l'homme qui l'attendait à terre et qu'elle était presque parvenue à oublier pendant ces quelques semaines de bonheur. Elle avait la bouche sèche, et frissonna en voyant qu'une embarcation quittait le rivage tandis que les marins descendaient les voiles de l'*Invincible*.

Elle se tourna alors vers l'un des officiers qui se tenaient à côté d'elle sur le pont.

– Pouvez-vous prévenir le capitaine, monsieur Lloyd, demanda-t-elle, que le comte de Scawthorn vient à notre rencontre ?

Le lieutenant envoya un aspirant transmettre le message à Conrad qui arriva sur le pont au moment où les marins lançaient une échelle de corde vers la barque qui était venue se ranger contre le flanc de l'*Invincible*.

On avait porté le capitaine sur une chaise que Barnet avait spécialement fait exécuter par le menuisier du bord. Une couverture cachait les jambes de Conrad qui avait cependant tenu à revêtir sa veste d'uniforme sur laquelle étaient accrochées toutes ses décorations. Sa cravate de soie blanche était impeccablement nouée autour de son cou et il portait fièrement son tricorne sur la tête.

Ses joues avaient perdu leur hâle, et son visage était amaigri, mais il paraissait presque remis du choc qu'il avait subi. Cependant, pour qui le connaissait aussi bien que Delora ou Abigaïl, il était évident qu'il avait dû fournir un effort immense pour accueillir l'homme qu'il haïssait par-dessus tout.

Quand on hissa Denzil à bord, les artilleurs présentèrent les armes, les officiers se mirent au garde-à-vous, et Delora fit un pas en avant pour s'incliner en une petite révérence avant que son frère ne l'embrasse sur la joue.

— Ainsi, vous voilà ! s'exclama-t-il avec un accent de méchanceté triomphante.

Il détailla sa sœur des pieds à la tête, comme si elle n'avait été pour lui qu'une pouliche à vendre. Elle dut faire un réel effort pour lui répondre.

— Oui, me voilà... après un voyage qui n'a pas été... sans péripéties.

— On nous a en effet appris hier qu'il y avait eu un combat en mer, répliqua le comte.

— Le capitaine vous en parlera lui-même, s'empressa de dire Delora. Je ne sais pas si on vous l'a dit, Denzil, mais c'est notre cousin Conrad Horn qui commande ce navire.

— C'est ce que m'a annoncé un communiqué de l'Amirauté avant votre départ.

De toute évidence, la nouvelle n'avait pas fait particulièrement plaisir à Denzil qui se dirigea de l'autre côté du pont, là où Conrad l'attendait.

– Ainsi nous nous retrouvons, après bien des années, mon cousin, dit Denzil. Et je vois que vous êtes dans un état lamentable.

Delora se mordit les lèvres devant tant d'arrogance, mais Conrad tendit la main à son cousin.

– Bienvenue à bord de l'*Invincible*, Denzil ! Je regrette seulement de ne pouvoir vous recevoir avec plus de faste.

– Aucune importance, rétorqua sèchement Denzil. Vous m'avez livré ce que vous étiez chargé de me livrer, et je suis sûr que vous êtes impatient de retourner vers les côtes de France, là où la bataille fait rage.

– Il semblerait que nous ayons aussi des ennemis en dehors des eaux européennes.

Conrad vit une ombre passer dans le regard du comte et son expression contrariée éveilla immédiatement ses soupçons.

Quand il était à Antigua, Nelson avait estimé que le gouverneur d'alors faisait preuve d'un trop grand laxisme à l'égard des Américains, qui depuis la déclaration d'indépendance des Etats-Unis, n'avaient pourtant plus les mêmes droits que les citoyens britanniques.

Quand ce n'était encore qu'une colonie anglaise, l'Amérique avait connu un commerce prospère avec les Antilles. Mais les Etats-Unis étant devenus une puissance étrangère à l'empire britannique, les relations n'étaient plus les mêmes. Nelson avait protesté contre l'attitude du gouverneur, et agi comme il croyait devoir le faire, en capturant nombre de navires américains.

Mais son intransigeance lui avait valu quelques

déboires. « J'étais l'objet de telles persécutions dans les îles, avait-il raconté par la suite, que je ne pouvais même plus quitter mon navire. »

Si le courage physique de l'amiral était unanimement reconnu, on oubliait trop souvent le courage moral dont il avait fait preuve en s'opposant ainsi à un supérieur hiérarchique. Conrad estimait que cet aspect de sa personnalité était sans doute de beaucoup le plus intéressant. Nelson avait finalement gagné cette délicate bataille et le gouverneur s'était vu obligé de faire appliquer la loi. Il se trouvait que le ministre de la Marine lui-même avait expliqué à Conrad avant son départ que les corsaires américains offraient de substantielles compensations aux gouverneurs prêts à fermer les yeux sur leurs activités. Conrad jugea néanmoins plus judicieux de taire ses doutes en présence de Denzil et il ajouta avec une simplicité désarmante :

– Malheureusement j'ai peur que l'*Invincible* et son capitaine n'aient tous deux besoin d'être remis en état avant de reprendre la mer.

– En effet, vous semblez avoir besoin de repos, remarqua Denzil avec soulagement, comme si l'idée que Conrad n'allait pas se promener partout dans l'île le réconfortait.

– Notre cousin a été gravement blessé, intervint Delora. Et je crois qu'il faudrait lui trouver une résidence à terre où il pourrait se soigner en attendant que son navire soit réparé.

– Bien sûr, admit Denzil, comme s'il n'y avait pas encore pensé. La maison de l'amiral est inoccupée et je suis certain qu'elle lui conviendra.

– Je serai très heureux de pouvoir y demeurer quelque temps, dit simplement Conrad.

– S'il connaissait votre état, reprit Denzil, lord Grammell, qui est actuellement à Saint John, souhaiterait sans aucun doute que vous soyez installé le plus confortablement possible sur son île. Je vais donc aller à terre, avec Delora, et avertir les gens de la maison de l'amiral de votre arrivée.

– Je vous en suis extrêmement reconnaissant, approuva Conrad. Irez-vous ensuite à Saint John avec votre sœur ?

Delora retint son souffle.

– Non, répondit le comte. Il se trouve que le gouverneur a mis Clarence House à ma disposition, et j'ai l'intention d'y habiter avec ma sœur jusqu'à son mariage.

Conrad n'avait pas besoin de regarder Delora pour savoir combien elle devait être soulagée. Mais déjà, comme s'il n'avait plus rien à dire à ce cousin qu'il n'aimait pas, le comte organisait le départ de sa sœur.

– Nous ferions mieux de débarquer, lui dit-il d'un ton sec. Vos bagages suivront.

– Je vous accompagne, dit Delora. Et pour Abigaïl : désirez-vous qu'elle vienne avec nous, ou préférez-vous qu'elle nous rejoigne aussi plus tard ?

– Abigaïl ? répéta son frère.

Ce n'est qu'à ce moment-là qu'il parut prendre conscience de l'absence d'une troisième femme à bord.

– Où est Mme Melhuish ? demanda-t-il. Je lui avais donné l'ordre de vous accompagner.

– Vous ne m'avez pas laissé le temps de vous en parler, Denzil, répondit Delora. Mme Melhuish est morte au cours de la première bataille que l'*Invincible* a livrée dans l'Atlantique.

L'effet de surprise laissa un instant le comte sans voix.

– C'était une femme impossible ! s'exclama-t-il

enfin. Elle n'a rien trouvé de mieux que de mourir au moment où on avait le plus besoin d'elle !

– Ce n'est pas sa faute, murmura Delora.

Les officiers et les artilleurs, toujours au garde-à-vous autour d'eux, écoutaient leur conversation, et Delora avait honte du cynisme de son frère. Tous savaient que cette femme était morte pour avoir accompli son devoir.

Mais les pensées de Denzil suivaient déjà un autre cours. Comme s'il se parlait à lui-même, il ajouta :

– Je suppose qu'Abigaïl a veillé sur vous, comme il se doit.

Il lança un regard soupçonneux vers Conrad qui regretta de ne pouvoir l'étendre à terre d'un coup de poing. Comment Denzil osait-il insinuer que lui ou un de ses hommes aurait pu profiter de la situation ? Sans doute était-il incapable d'imaginer qu'on pût se conduire avec décence alors que lui-même en avait toujours été incapable.

Comme pour mettre un terme aux indignes sous-entendus du comte, Abigaïl arriva à ce moment-là sur le pont. Avec sa robe noire et ses cheveux gris tirés sous un simple chapeau de paille, elle était la respectabilité personnifiée. Elle s'avança vers Denzil et s'inclina rapidement.

– Bonjour, milord.

– J'espère que vous avez veillé sur votre maîtresse, après la mort bien inopportune de Mme Melhuish, dit le comte d'un ton sec.

– Je me suis occupée de lady Delora, milord, comme je l'ai toujours fait depuis sa naissance ! rétorqua Abigaïl.

C'était sans réplique et le comte se dirigea vers le bord du navire.

— Allez, venez ! Ne perdons pas ici des heures précieuses ! Nous avons beaucoup à faire !

Mais Delora prit son temps. Elle s'inclina devant Conrad et lui tendit la main.

— Merci de votre gentillesse, lui dit-elle. J'ai été très heureuse de passer ces quelques semaines sur ce navire magnifique qui porte si bien son nom.

Elle était incapable de prononcer les mots qu'elle avait préparés avant de quitter sa cabine, et lorsqu'elle leva les yeux vers Conrad à la fin de sa phrase, son cœur cognait dans sa poitrine.

Elle serra ensuite la main à Deakin et à tous les officiers qui les avaient rejoints sur le pont. Elle entendit son frère l'appeler de la barque dans laquelle il était déjà descendu et elle se tourna vivement vers Deakin pour lui dire :

— Soyez très prudents, quand vous l'emmènerez à terre. Il ne faut pas que sa blessure se remette à saigner.

— Je vous promets que nous veillerons sur lui, répondit Deakin.

En bas le comte cria son nom, et elle se hâta de le rejoindre. Quelques instants plus tard, la barque s'éloignait de l'*Invincible*.

Clarence House était une demeure aux dimensions modestes mais aux proportions harmonieuses, bien différente de toutes celles que Delora avait connues. Elle avait été construite au sommet d'une colline qui dominait le port et la jeune fille fut émerveillée par la vue qu'on avait de toute la baie.

Tant de beauté ne parvenait cependant pas à lui faire oublier pourquoi elle était là et d'ailleurs son frère ne tarda pas à lui parler des projets qu'il avait pour elle.

– J'ai envoyé un message au gouverneur pour lui annoncer votre arrivée, lui dit-il quand elle le rejoignit dans le salon. Il viendra certainement dès ce soir. C'est pour ça que je vous ai fait préparer la petite chambre. Vous partagerez la grande avec lui quand vous serez mariés.

Delora sentit le rouge lui monter aux joues, mais son frère, ignorant son malaise, continua :

– Je ne pouvais pas savoir quand vous arriveriez, et nous n'en avons pas encore fixé la date exacte. Mais le plus tôt sera le mieux. Et ces fichus administrateurs américains seront enfin obligés de m'envoyer votre argent.

– Vous en avez donc tellement besoin ? demanda Delora. Je pensais que papa était très riche.

– Il l'était ! répondit Denzil, mais tout a augmenté, avec cette guerre.

Ce n'était pas seulement la cherté de la vie qui avait acculé Denzil à « vendre » sa sœur, mais bel et bien ses dépenses extravagantes. Delora le savait parfaitement mais il aurait été vain de le lui faire remarquer et elle ne voulait pas se montrer désagréable. Elle essaya toutefois de lui expliquer posément son point de vue :

– Comme je vous l'ai écrit, Denzil, je ne veux pas épouser un homme que ne n'ai jamais vu. Je crois qu'il serait plus sage que lord Grammell et moi apprenions à nous connaître avant de nous marier.

Denzil prit le carafon qui était posé sur une table à côté de son fauteuil et se versa à boire.

– Grammell en sait bien assez sur vous, rétorqua-t-il. Vous êtes riche, et c'est tout ce qui l'intéresse ! Ça coûte cher, vous savez, d'être gouverneur, même ici dans ce trou perdu. Mais en l'épousant vous acquerrez un certain pouvoir, vous verrez.

– Lord Grammell en sait peut-être assez sur moi, dit Delora, mais moi je ne sais rien de lui, si ce n'est qu'il est très vieux.

– Vous n'allez pas commencer à faire des manières, dit Denzil d'un ton agressif. Écoutez-moi bien, Delora, vous épouserez qui je vous dirai d'épouser, et quand je vous le dirai, c'est clair, non ? Et si vous ne vous montrez pas plus docile, je vous rendrai la vie tellement impossible que vous maudirez le jour de votre naissance !

Il avait proféré ces menaces d'une voix si féroce que Delora recula instinctivement. La présence rassurante de Conrad lui avait fait oublier, pendant les semaines précédentes, la terreur que pouvait lui inspirer son frère. Mais toutes les angoisses passées lui revinrent quand elle vit passer dans son regard fixé sur elle une expression proche de la démence.

– Ne croyez pas, sous prétexte que vous vous êtes pavanée devant tous ces hommes sur le bateau, que vous allez n'en faire qu'à votre tête ici. C'est moi qui décide, désormais. Et je n'hésiterai pas à vous battre si vous vous rebellez ! C'est une sacrée chance, pour une fille comme vous, d'épouser un gouverneur, quel qu'il soit, et vous lui exprimerez votre reconnaissance pour l'honneur qu'il vous fait !

Denzil hurlait littéralement. Il avala d'une seule gorgée tout le contenu de son verre, puis échauffé par le vin, il reprit son discours rageur.

– Comment osez-vous discuter mes ordres ? Vous n'êtes qu'une petite oie blanche qui n'a jamais vécu ! Vous n'avez rien à dire – rien, vous m'entendez ! – de l'homme que vous allez épouser. Car vous allez l'épouser, pauvre sotte, et vite, je vous l'assure… Vous n'avez pas le choix, ne vous y trompez pas ! Vous avez compris ?

Il éructait ces injures sans reprendre son souffle et Delora, brisée, pivota sur elle-même et sortit en courant pour se réfugier dans la chambre où elle avait déposé son chapeau en arrivant.

Abigaïl l'y attendait. Elle se jeta dans les bras de la vieille servante et s'accrocha à elle en sanglotant :

– Abigaïl… heureusement… tu es là !

Après le déjeuner pris dans une atmosphère tendue, pendant lequel Denzil ne cessa de se plaindre de la nourriture que Delora trouvait pour sa part absolument délicieuse après celle du bord, la jeune fille se retira dans sa chambre.

– On m'a dit que lord Denzil faisait tous les jours une sieste d'au moins deux heures, annonça Abigaïl. Pendant que vous vous reposerez vous aussi, je vais descendre à la maison de l'amiral prendre des nouvelles du capitaine.

– Oh, Abigaïl, comment vas-tu faire ? s'inquiéta Delora. Je voulais demander au comte de t'autoriser à aller soigner le capitaine Horn, mais il ne m'en a même pas laissé l'occasion. Et je sais maintenant qu'il n'acceptera aucune suggestion venant de moi. Il est tellement remonté contre moi ! Je crois même qu'il se ferait un malin plaisir de refuser !

– Ne vous en faites pas, milady, je me débrouillerai, dit Abigaïl. Mieux vaut ne rien dire à votre frère. Vous êtes assez bouleversée comme ça. Et si le capitaine l'apprend, c'est lui qui va se faire du souci.

— Tu ne lui en parleras pas, Abigaïl, s'il te plaît ! supplia Delora. Il ne peut rien y faire et je ne veux pas qu'il se querelle avec Denzil !

— Je ne dirai rien, promit Abigaïl qui avait parfaitement compris les craintes de sa maîtresse.

Quand la vieille femme eut refermé la porte derrière elle, Delora se dit que sa servante était la seule personne sur laquelle elle pouvait encore compter.

Abigaïl revint deux heures plus tard, et dès qu'elle entra Delora s'assit dans son lit pour l'interroger.

— Comment va-t-il ?

— C'est un homme courageux, affirma Abigaïl à voix basse. J'ai arrangé son lit et regardé sa blessure. Elle est en meilleur état que je n'aurais osé l'espérer !

— Oh, Abigaïl, merci ! s'écria Delora.

— Et il s'est évidemment inquiété de vous, milady.

— Que lui as-tu dit ?

— Que vous étiez très courageuse.

— Est-ce qu'il a demandé... quand... je devais me marier ?

— Je ne pouvais pas lui dire ce que je ne savais pas moi-même.

Abigaïl sortit une des jolies robes d'été de Delora et l'aida à s'habiller, en songeant toujours au capitaine. Il souffrait le martyre, moins à cause de ses blessures que du tourment moral qu'il endurait.

« Quelle pitié, pensait-elle tout en s'activant, qu'ils ne puissent être mari et femme, comme la nature l'aurait voulu ! »

Mais elle savait que le leur dire ne les aiderait ni l'un ni l'autre.

« Veillez bien sur elle, avait recommandé Conrad. Et dans la mesure du possible, aidez-la à supporter ce qui l'attend. »

Il n'y avait que quelques heures que son installation dans la maison de l'amiral était connue, et déjà on était venu lui parler des excès du gouverneur. Les capitaines anglais dont les navires étaient au port et les officiers responsables des chantiers avaient frappé à sa porte les premiers.

Deakin les avait reçus. Barnet, qui trouvait que son capitaine en avait fait assez pour la journée et ne se privait pas de le dire, défendait l'entrée de sa chambre. Il dut pourtant, à son corps défendant, laisser les visiteurs s'entretenir l'un après l'autre quelques minutes avec son maître.

Le premier qui se présenta commandait un brick. C'était un homme d'un certain âge que Conrad connaissait depuis quelques années.

— C'est bon de vous voir, Horn. Votre réputation vous a précédé ici. Il n'y a pas un équipage qui aborde cette côte qui n'ait un nouvel exploit à rapporter. Nelson lui-même ne suscitait pas plus d'admiration.

— Vous me gênez, protesta Conrad. Mais je suis content de vous voir, Forester. Depuis combien de temps êtes-vous ici ?

— Presque deux mois, répondit le capitaine Forester. Nous avons été attaqués par des corsaires et avons bien failli couler. Heureusement qu'un navire britannique nous a remorqués jusqu'au port. Nous en avons pour un mois encore avant de reprendre la mer.

— La vie sur l'île est agréable, fit remarquer Conrad.

— Elle le serait, sans son gouverneur !

– Il ne se mêle quand même pas de vos affaires. Ce qui se passe sur les chantiers ne le regarde pas !

– Non, mais ce que je vais vous raconter va vous faire dresser les cheveux sur la tête !

En l'écoutant parler, Conrad, affaibli par les efforts qu'il avait dû fournir toute la journée, faillit se sentir mal. Ce que Forester venait de lui apprendre des méthodes ignobles du gouverneur lui faisait mesurer les risques que Delora courrait si elle était obligée de vivre avec un homme pareil. Et quand tous ses visiteurs lui eurent confirmé, par le récit de leurs propres expériences, la légitimité des accusations portées par le commandant du brick, il se jura que d'une manière ou d'une autre, et pour l'instant Dieu seul savait comment, il sauverait la jeune fille.

Au cours de la nuit, il maudit le sort qui l'obligeait à rester immobile, mais cet inconvénient avait au moins une contrepartie : sans sa blessure, et sans les dommages subis par l'*Invincible*, il serait peut-être reparti en ignorant tout de la condition atroce qui allait être celle de Delora.

Son Excellence le gouverneur d'Antigua, l'honorable lord Grammell, arriva à Clarence House à cinq heures de l'après-midi.

Il était venu de Saint-John dans une voiture découverte tirée par quatre chevaux et escortée par un escadron de cavalerie. Tout au long du parcours, il avait ignoré les regards hargneux des gens sur son passage, comme la beauté de la route bordée d'arbres et de fleurs dont les couleurs adieuses ressortaient sur le vert sombre des collines. En fait, il n'avait pensé qu'à l'argent qu'allait lui rapporter son mariage avec la sœur du comte de Scawthorn.

« Un brave type, ce Scawthorn ! se disait-il, satisfait. Depuis qu'il est là, il a doublé le montant des redevances que me paient ces fichus Yankees pour avoir le droit de faire leur commerce sur l'île. »

Le soleil était encore haut, et en s'approchant de Clarence House, lord Grammell se réjouit en songeant qu'on allait lui offrir un vin délicieux. Il ne pouvait jamais rester très longtemps sans boire, et s'arrangeait pour que tous les capitaines de navires qui venaient lui demander une faveur lui apportent une caisse de vin comme préliminaire à toute transaction.

La voiture tourna sur le chemin de Clarence House et s'arrêta devant l'escalier de pierre. Lord Grammell en gravit lourdement les quelques degrés, et passa en soufflant devant les sentinelles au garde-à-vous. Depuis son arrivée à Antigua, il avait renoncé à pratiquer le moindre sport, arguant de la chaleur, et il avait beaucoup grossi.

Denzil l'accueillit dans le hall où il faisait plus frais.

— Heureux de vous voir, Excellence, lui dit-il d'un ton cérémonieux, car il savait que le gouverneur appréciait les marques d'honneur auxquelles lui donnait droit sa position.

— Elle est enfin arrivée ! J'attendais votre message, dit lord Grammell.

— Arrivée et impatiente de vous voir, monseigneur ! répondit Denzil d'une voix suave.

Ils entrèrent dans le salon et le gouverneur demanda :

— Lui avez-vous dit que nous allions nous marier immédiatement ?

– Oui, bien entendu, répondit Denzil en lui tendant un grand verre de vin qu'il porta avidement à ses lèvres.

Puis lord Grammell se laissa tomber dans un fauteuil en déclarant :

– J'ai appris qu'il y avait un des nouveaux deux-ponts dans le port, et que son capitaine était blessé. Qui est-ce ?

– On a dû vous rapporter qu'il s'agissait d'un de mes cousins, répondit Denzil. Il n'est pas arrangeant. Dommage qu'il n'ait pas été tué.

– Pas arrangeant ? Comment cela ? demanda lord Grammell sèchement.

– Ne vous inquiétez pas, répliqua Denzil. Sa blessure l'empêche de se déplacer.

– Dieu merci ! s'exclama lord Grammell.

– Je me disais à ce sujet, reprit le comte, qu'il serait sage de lui faire bon accueil, quoi qu'il nous en coûte.

– Vous croyez que c'est vraiment nécessaire ?

– Eh bien, j'ai l'impression qu'il est du genre à se mêler de ce qui ne le regarde pas, comme Nelson. Et je pense qu'il est inutile que je vous rappelle les problèmes que votre prédécesseur a eus avec Nelson, n'est-ce pas ?

– Évidemment, ces idiots ne cessent de nous en rebattre les oreilles ! dit le gouverneur d'un ton excédé.

Mais, d'une voix inquiète, il ajouta :

– Vous croyez vraiment que votre cousin pourrait nous attirer des ennuis ?

– C'est possible, si on lui en dit trop. Je suggère donc que nous fassions tout pour lui être agréables.

– Que pouvons-nous faire ?

– Nous pourrions lui envoyer du vin, ou même l'inviter à dîner, s'il est en état de se déplacer.

Il faut surtout l'empêcher de se montrer trop curieux.

Le gouverneur réfléchit un moment puis approuva Denzil :

– Vous avez raison ! Je vous laisse le soin de tout arranger. Et maintenant, j'aimerais voir cette jeune pouliche dont vous m'avez parlé !

Delora, qui avait entendu arriver la voiture du gouverneur, attendait dans sa chambre avec Abigaïl qu'on l'appelle.

Toute parole était inutile : la vieille servante devinait la peur de Delora et le cri qu'elle poussa, lorsqu'un domestique frappa à la porte pour annoncer qu'on demandait la jeune fille au salon, résonna dans son cœur comme un appel au secours.

– Et maintenant, vous allez vous montrer digne du capitaine, milady, lui dit-elle.

Elle était certaine que c'était le seul encouragement susceptible de donner à Delora la force d'affronter son futur époux.

Delora releva le menton. Elle était si jolie qu'aucun homme n'aurait pu manquer d'être séduit, fût-il aussi vil que ce gouverneur dont la réputation, parvenue jusqu'à elle, donnait à Abigaïl l'envie de crier.

Delora ouvrit la porte du salon. Elle se tenait bien droite, les épaules rejetées en arrière, et, bien que tout semblât flotter autour d'elle, elle réussit à avancer d'un pas ferme en direction de Denzil et du gouverneur, littéralement vautrés dans leurs fauteuils, un verre à la main. Seule la pâleur de son visage trahissait son désarroi.

Lord Grammell dut faire un gros effort pour

s'extraire de son fauteuil, et Denzil attendit qu'il fût debout pour se lever à son tour.

— Présentez-la-moi ! dit le gouverneur d'un ton sec à Denzil, qui était déjà ivre, mais essayait de n'en rien laisser paraître.

— Laissez-moi vous p-présenter, Excellence, dit-il en butant sur les mots, m-ma sœur, lady Delora Horn, qui est r-ravie, oui, r-ravie de faire v-votre connaissance.

Delora s'inclina et il lui fallut faire appel à toute sa bonne éducation et au souvenir de Conrad qui n'aurait pas apprécié un mouvement de faiblesse pour ne pas éclater en sanglots. Jamais elle n'avait vu un homme aussi répugnant !

Son visage bouffi, son corps déformé par la graisse, son nez protubérant et ses lèvres épaisses que faisait ressortir sa calvitie étaient les signes extérieurs de la monstruosité du personnage.

Il tendit à Delora une main molle et collante de sueur.

— Ma jeune fiancée ! s'exclama-t-il avec un rire gras. Soyez la bienvenue à Antigua, jolie madame ! Je sens que nous allons bien nous entendre tous les deux...

Ses yeux à demi enfouis sous les bourrelets de chair détaillèrent Delora qui eut l'impression de se retrouver nue sous ce regard lubrique.

Il porta alors à ses lèvres la main de la jeune fille qui se contracta comme si un serpent l'avait touchée. Et ce serpent-là était si venimeux que tout son instinct lui disait de s'enfuir.

Mais elle demeura figée sur place, les yeux agrandis par l'effroi. Le gouverneur prit encore le temps de l'examiner de la tête aux pieds avant de proposer :

— Asseyez-vous ! Vous allez me raconter votre

voyage. Je vais vous faire apporter un verre de vin.

-Non, merci, parvint à articuler Delora, qui s'étonna elle-même du timbre étrange de sa voix.

– Comment ça, « non, merci » ? rétorqua le gouverneur. Un verre de vin vous fera du bien ! Qu'en dites-vous, Scawthorn ?

– Bien sûr, acquiesça le comte d'une voix pâteuse.

Il frappa dans ses mains, la porte s'ouvrit immédiatement devant un vieux domestique noir qui devait être à Clarence House depuis de nombreuses années.

– Du vin ! ordonna Denzil. Pourquoi diable êtes-vous toujours si lent à réagir ?

– Voici, milord, répondit le domestique en se tournant vers un autre Noir qui entrait en tenant une bouteille entourée d'une serviette blanche.

– Remplis le verre de Son Excellence ! ordonna Denzil. Et apporte un autre verre pour lady Delora.

On apporta un verre empli de vin à Delora qui l'accepta, ne pouvant faire autrement, mais avec l'impression que si elle buvait avec ces deux ivrognes, elle finirait par leur ressembler.

– J'ai entendu dire que vous aviez été témoin d'une bataille, pendant votre voyage, dit le gouverneur.

– Oui... monseigneur... Un des corsaires qui attaquaient nos navires marchands a été coulé... et un autre capturé.

– Un corsaire coulé ? Pourquoi ne me l'a-t-on pas dit ? se récria lord Grammell avec colère.

Il se tourna vers Denzil qui, comprenant soudain l'importance du renseignement que venait de leur fournir sa sœur, se redressa au bord de son fauteuil.

— Qui a coulé un navire corsaire ? demanda-t-il, le cerveau embrumé par les vapeurs d'alcool.

— L'*Invincible*, bien sûr, répondit Delora. Il s'agissait pourtant de grands vaisseaux, de construction récente, et armés des meilleurs canons qu'ait jamais vus le lieutenant Deakin sur ce type de bâtiment.

— Et vous avez dit que l'un de ces deux navires avait été capturé ? insista le gouverneur.

— Oui, Excellence. Un équipage détaché de l'*Invincible* le ramène en ce moment même en Angleterre.

— Vous avez noté ça, n'est-ce pas, Scawthorn ? dit lord Grammell.

— Nous n'y pouvons plus rien, répondit le comte.

— Non, malheureusement. Je suppose que l'*Invincible* est plus grand que tous les bâtiments que nous avons vus croiser dans ces parages.

— Beaucoup plus grand, reconnut Denzil, et plus rapide !

Le gouverneur poussa un soupir exaspéré et se tassa dans son fauteuil.

Delora, perplexe, les considéra l'un après l'autre. Bien qu'elle ne comprît pas le sens exact de leur conversation, elle devinait que leurs propos pouvaient intéresser Conrad. Mais parviendrait-elle à le revoir encore une fois pour l'avertir elle-même d'un éventuel danger ?

C'est alors que, d'une voix hésitante, elle se risqua à demander :

— Pouvez-vous me dire… Excellence… si vous avez déjà fixé une date, pour notre… mariage ?

7

– Comme c'est bon, Barnet ! s'exclama Conrad entre deux gorgées.

– C'est du jus de mangue, mon capitaine, précisa le steward.

– Alors je peux en boire un plein tonneau.

Assis sur la terrasse devant la maison, face à la mer dont les vagues se brisaient à quelques mètres de lui, et à l'abri des rayons du soleil que filtraient les feuilles des arbres, Conrad considérait le verre que lui avait préparé Barnet en s'abandonnant au bonheur d'exister.

Cette sensation de bien-être n'était pas seulement le résultat de l'excellence des repas, à base de fruits et de légumes frais, qu'on lui préparait depuis qu'ils étaient à terre, mais aussi de l'amélioration sensible de l'état de sa blessure.

Abigaïl venait refaire le pansement chaque jour. Elle se glissait hors de Clarence House, très tôt le matin, quand tout le monde dormait encore. Ce matin-là, après avoir enlevé le pansement de la veille, elle avait poussé une exclamation de joie en constatant les progrès rapides de la cicatrisation.

– Vous êtes une bonne infirmière, Abigaïl, lui avait dit Conrad.

– Et vous un homme résistant, capitaine, avait-elle répondu. Chez un autre que vous la guérison aurait été beaucoup plus lente.

Puis, comme si elle craignait de se montrer trop encourageante, elle s'était empressée d'ajouter :

– N'en profitez pas pour faire des bêtises, capitaine. Lady Delora se tourmente déjà assez comme ça pour vous. Il faut que vous preniez les choses avec patience.

– Ce n'est pas facile, Abigaïl.

Conrad n'avait pas besoin d'expliquer à Abigaïl ce qu'il ressentait, et avant même qu'il n'ait eu le temps de poser la question qui lui brûlait les lèvres, la vieille femme lui avait fourni la réponse qu'il attendait.

– Son Excellence veut que le mariage ait lieu dans quelques jours.

– Qu'en dit lady Delora ? avait demandé Conrad d'une voix rauque.

– Que peut-elle dire ? avait rétorqué Abigaïl. Elle a toujours eu peur de M. le comte : cette crainte date de son enfance. Il faut reconnaître que la moindre contrariété le plonge dans des colères redoutables.

Conrad s'était raidi. Il ne pouvait interroger la servante sur les moyens d'aider Delora et, peut-être, d'empêcher ce monstrueux mariage, et il s'était contenté de lui demander :

– Que fait lady Delora, aujourd'hui ?

– Je crois, capitaine, qu'elle aura mal à la tête, ce qui n'a rien d'étonnant après ce long voyage en mer, et nous avons déjà décidé que j'irais expliquer à M. le comte, quand il aura pris son petit déjeuner, que Sa Seigneurie a besoin de calme et de repos.

Conrad avait poussé un soupir de soulagement.

– C'est très astucieux, Abigaïl.

Il savait néanmoins que cela n'empêcherait pas Denzil, s'il en avait envie, et si tel était le bon plaisir du gouverneur, de forcer Delora à se montrer.

Après avoir refait le pansement, Abigaïl avait expliqué à Barnet ce qu'il aurait à faire ce soir-là si elle ne pouvait quitter Clarence House.

– Et donnez-lui à boire beaucoup de jus de fruits, avait-elle insisté. Il en a vraiment besoin. À la fin de cette traversée, tout ce qu'on mangeait semblait avoir le goût de cendre !

Conrad avait éclaté de rire.

– Vous n'êtes pas très indulgente, Abigaïl. Nous avons fait de notre mieux, sur l'*Invincible*.

– Vous avez été parfait, capitaine, comme tous ceux qui servaient sous vos ordres, mais je sais ce qu'il vous faut maintenant, et je compte sur M. Barnet pour veiller à ce que vous ne manquiez de rien.

– Je suis certain que vous pouvez faire confiance à Barnet, avait assuré Conrad en souriant.

Effectivement, Barnet lui avait apporté régulièrement des verres de jus de fruits.

Comme il détestait rester au lit, Conrad avait tenu à s'habiller et on l'avait transporté sur la terrasse d'où il pouvait regarder la mer.

Cette maison, que Nelson avait occupée pendant son séjour à Antigua, était particulièrement élégante, avec ses hautes fenêtres à la française. La terrasse, à l'ombre de grands cèdres, s'étendait devant une tonnelle couverte d'hibiscus dont les couleurs chatoyantes rappelaient à Conrad les robes que portait Delora quand elle se promenait sur le pont de l'*Invincible*.

Il était plongé dans la lecture de journaux

vieux d'un mois, mais qui l'intéressaient malgré tout, quand une voiture s'arrêta devant la porte du jardin. Il soupira en se disant qu'il aurait préféré que ses visiteurs lui laissent un peu de répit.

Mais quelle ne fut pas sa surprise, lorsqu'il se retourna, de voir s'avancer vers lui un gros homme haletant. Il reconnut immédiatement lord Grammell, que suivait Denzil.

– Son Excellence le gouverneur, annonça Barnet, et le comte de Scawthorn !

Conrad se força à sourire.

– Vous m'excuserez, Excellence, de vous accueillir sans me lever.

– Bien sûr, bien sûr, dit lord Grammell. Il ne faut pas abuser de vos forces. D'ailleurs nous ne faisons que passer. Nous voulions juste prendre de vos nouvelles.

– C'est extrêmement gentil à vous, Excellence, déclara Conrad d'un ton poli, avant de se tourner vers son cousin. Bonjour, Denzil.

– Bonjour, Conrad ! Je suis ravi de voir que vous allez déjà mieux.

– Je me remets peu à peu, mais cela prendra encore du temps, dit Conrad.

– Certainement ! s'exclama lord Grammell. Il ne faut pas presser dame nature. Allez-y doucement, Horn. Prenez exemple sur ces fichus négros : ils ne se fatiguent jamais !

L'arrivée de Barnet, suivi d'un domestique qui portait un plateau avec des verres et des boissons, le dispensa de répondre. Il s'étonna qu'on serve du vin à une heure si matinale, mais apparemment, ce détail n'inquiétait guère le gouverneur. Quant à Denzil, il préférait le rhum !

Conrad retint essentiellement de la conversation qui suivit que le gouverneur ne tenait pas

140

à ce que l'*Invincible* soit trop rapidement en état de reprendre la mer.

— Tout va lentement ici, dit lord Grammell de sa voix grasse. Même le fouet ne suffit pas à pousser les nègres au travail ! On vient tout le temps se plaindre à moi de leur indolence, mais qu'y puis-je ?

— Votre position est difficile, acquiesça Conrad, qui ne voulait pas se montrer désagréable, bien que le personnage lui parût parfaitement répugnant.

Le gouverneur but trois verres de vin avant d'en arriver à l'objet de sa visite qui n'était pas aussi désintéressée qu'il l'avait prétendu en arrivant.

— Écoutez, Horn, lui dit-il, nous avons décidé, avec votre cousin, de vous sortir, cet après-midi. Nous allons vous emmener voir un spectacle totalement inédit. Vous avez, certes, beaucoup voyagé, mais ce que nous allons vous montrer, vous ne l'avez jamais vu, j'en suis sûr !

— De quoi s'agit-il ? s'enquit Conrad.

Lord Grammell mit un doigt sur sa bouche.

— Ne cherchez pas à tricher ! dit-il. Nous voulons vous faire une surprise. Mais si vous ne vous sentez pas encore assez bien cet après-midi, nous pourrons remettre cette sortie à plus tard.

— Je me sens suffisamment bien, à condition de ne pas avoir à voyager trop longtemps, affirma Conrad.

— N'ayez crainte, dit le gouverneur. Nous ne vous emmènerons qu'à quelques centaines de mètres d'ici. Mes hommes vous porteront dans la chaise où vous êtes assis en ce moment.

— Vous éveillez ma curiosité, Excellence.

— Cela vous donnera matière à réflexion pendant la sieste. Nous passerons vous prendre cet après-midi à quatre heures, déclara le gouverneur. Sous ces climats, il n'est pas question de renoncer à la sieste après le déjeuner, n'est-ce pas, Scawthorn ?

– En effet, confirma Denzil. Vous verrez, mon cousin, cette île est quasiment morte entre deux et quatre heures...

– C'est exact, tout à fait exact, dit lord Grammell. Morte ! Et la mort frappera encore aujourd'hui !

Il se mit à rire et Conrad s'interrogea sur la signification de ces paroles.

Après le départ de ses visiteurs, il demeura inquiet.

Où allaient-ils l'emmener ? Qu'allaient-ils lui montrer ? L'allusion du gouverneur à la mort le laissait perplexe, mais il n'arrivait pas à croire qu'il puisse être directement concerné. Il n'en restait pas moins que toutes ces démonstrations d'amitié, de la part non seulement du gouverneur, mais aussi de son cousin, ne faisaient qu'éveiller ses soupçons.

Il se rappela ce que Delora lui avait dit : Denzil le haïssait parce qu'il était son héritier présomptif. Et ce n'était pas le seul motif que les deux hommes pouvaient avoir de l'assassiner : ce qu'il avait appris depuis son arrivée leur en fournissait plus d'un.

Les capitaines des autres navires qui se trouvaient au port, en effet, tout comme le personnel des chantiers navals d'Antigua lui avaient révélé la teneur des exactions auxquelles se livraient lord Grammell et Denzil pour s'enrichir. Tous lui avaient fait part de la honte qu'ils avaient ressentie devant l'attitude du gouverneur qui se faisait implicitement le complice des Français. Comment pouvait-il trahir ainsi son pays alors que le monde en avait assez des batailles et de leur cortège de morts et de souffrances ?

– Quand l'*Invincible* reprendra la mer, capitaine, lui avait dit un officier, peut-être mettrez-vous un terme à toutes les trahisons perpétrées quotidiennement sur ces côtes. L'approvisionnement régulier de l'Angleterre en denrées alimentaires est l'une des conditions de la victoire finale.

– Vous ne croyez pas si bien dire ! s'était exclamé Conrad.

Son visiteur avait baissé le ton pour expliquer :

– Quand les Anglais ne peuvent pas payer au gouverneur le tribut qu'il exige pour les livrer, ils sont obligés de reprendre la mer sans les provisions nécessaires au voyage qui les attend.

En repensant à cette conversation, Conrad sentit la colère monter en lui. Rien n'était plus facile pour un gouverneur que de prétendre que le bétail manquait dans l'île ! Ainsi les navires étaient-ils contraints de repartir avec leurs soutes à moitié vides, et la malnutrition dont souffraient les hommes au bout de quelques jours était un facteur prépondérant de relâchement de la discipline et de la diminution de leur capacité à combattre.

L'état de délabrement physique et moral de Grammell était tel que Conrad n'avait aucun mal à croire toutes les histoires qu'on racontait sur lui. Mais il craignait de nuire à Delora en s'opposant ouvertement à lui ou à Denzil. Il espérait plutôt manœuvrer de façon à être invité à Clarence House où il pourrait la voir, même si ça ne devait être qu'à l'autre bout d'une table.

Il serra les poings et se résigna à passer l'après-midi avec ces deux monstres.

À sa grande surprise, Conrad dormit pendant la sieste. Il avait prévu de s'allonger mais il croyait que la pensée de Delora le tiendrait éveillé. Qu'il ait succombé au sommeil prouvait qu'il était plus fatigué qu'il ne voulait bien se l'avouer.

Quand Barnet vint le réveiller, il se sentit en bien meilleure forme. Il avait l'esprit reposé et les idées claires.

« Il faut que je découvre ce que trament lord Grammell et Denzil », se dit-il en se préparant.

Il avait déjà pensé aux différents moyens dont il disposait pour envoyer un rapport secret à l'Amirauté s'il arrivait à prouver, comme Nelson l'avait fait en son temps, que Grammell violait la loi.

Quelles que fussent les difficultés qu'il ait à faire appliquer la loi dans des régions du monde aussi éloignées de l'Angleterre, le gouverneur ne pouvait les ignorer. Or il avait été strictement établi que « les navires de guerre de Sa Majesté avaient pour mission de protéger le commerce de la nation », et donc d'empêcher le commerce étranger dans les zones britanniques.

« Il est de mon devoir de neutraliser les navires corsaires, se dit Conrad. Mais si c'est le gouverneur lui-même qui les encourage en se laissant acheter par eux, ce ne sera pas facile. »

Quand, un peu après quatre heures, la voiture de lord Grammell, dûment escortée, s'arrêta devant sa porte, Conrad s'efforça de ne rien laisser paraître de ses sentiments.

Denzil expliqua à Barnet qu'ils se rendaient à la prison, située en contrebas de la route, et que le gouverneur avait donné l'ordre à quatre de ses soldats d'y transporter le capitaine Horn.

Conrad mit son chapeau sans rien dire et se laissa emporter par les soldats du gouverneur auxquels Barnet, agité comme une poule autour de ses poussins, expliqua longuement les précautions qu'il convenait de prendre. Il surveilla chacun de leurs pas tout au long du parcours, tandis que Conrad essayait de profiter de cette promenade pour admirer l'île. Antigua avait bien changé au cours des quinze années qui s'étaient écoulées depuis la dernière escale qu'il y avait faite.

La prison était un petit bâtiment qui n'abritait que peu de pensionnaires en temps de paix. On transporta Conrad dans la cour intérieure où il retrouva le gouverneur et Denzil déjà installés sur une petite estrade entourée d'une grille.

Les soldats déposèrent la chaise de Conrad à côté d'eux. Tandis que lord Grammell s'entretenait avec l'un des responsables de la prison, Conrad examina les lieux : quatre autres soldats se tenaient autour de l'estrade et l'on avait damé le sable de la cour.

En entendant de l'autre côté de la cour les aboiements d'une meute, il se demanda à quel genre de spectacle Grammell avait bien pu le convier. Il n'eut pas à s'interroger longtemps. Les lourdes portes qui leur faisaient face s'ouvrirent, et il découvrit six molosses qui sautaient derrière leurs barreaux.

Conrad se souvint que les propriétaires des plantations des Etats du sud de l'Amérique utilisaient ces animaux pour prendre en chasse leurs esclaves fugitifs. Mais il ne voyait pas quelle pouvait être leur utilité sur une île comme Antigua où les fuyards étaient forcément arrêtés par la mer.

Cependant la présence de ces chiens le mettait mal à l'aise, et il se tourna vers le gouverneur pour qu'il lui fournisse une explication.

Il dut attendre que sa conversation avec le gardien-chef de la prison fût terminée, pour l'interroger.

– Ces chiens sont à moi, Horn, répondit lord Grammell. Je les ai fait venir d'Angleterre où je chassais avec eux. Je suis trop vieux maintenant pour les suivre à cheval, mais ils me procurent quand même certains divertissements, comme celui auquel vous allez assister cet après-midi.

– Quel genre de divertissement ? insista Conrad.

Mais avant que le gouverneur n'ait eu le temps de répondre, des gardiens amenèrent au centre de la cour un Noir enchaîné.

C'était un colosse magnifique, aux muscles extraordinairement développés. Il avait les poignets et les chevilles entravés par de lourdes chaînes et quand il fut plus près d'eux, Conrad vit qu'il avait été fouetté et que son dos était zébré de plaies encore à vif.

– Vous voyez cet homme ? dit le gouverneur. C'est l'être le plus fort que j'aie jamais vu ! Il peut arracher un arbre et le briser en deux sur son genou !

– Quel crime a-t-il commis ? s'enquit Conrad.

– Oh, comme d'habitude, répondit le gouverneur d'une voix mielleuse. Il a désobéi, il s'est battu, il a couru les filles. Mais il ne recommencera pas !

– Pourquoi ? insista Conrad qui commençait à entrevoir ce qui allait se passer.

– Le fouet n'ayant eu pour effet que de le rendre plus réfractaire encore aux bonnes manières, expliqua le gouverneur, on va donc lui donner une dernière leçon. Ce sera vraiment la dernière, puisque après il sera mort !

Conrad retint sa respiration.

— Mes chers petits chiens, continua le gouverneur en criant presque pour couvrir les aboiements des bêtes, n'ont rien eu à manger depuis quarante-huit heures. Ils ont faim, Horn, et un animal affamé peut devenir féroce !

Conrad s'apprêtait à protester, mais le gouverneur s'était retourné vers Denzil qui lui parla à l'oreille.

— Oui, oui, bonne idée ! s'exclama Grammell en se levant.

Denzil se leva à son tour et le gouverneur expliqua à Conrad :

— Votre cousin voudrait admirer de près les muscles de cet homme. Ils sont étonnants, vraiment très étonnants ! On devrait l'empailler et le mettre dans un musée !

Tout en parlant, lord Grammell était descendu de l'estrade. Un soldat ouvrit la porte de la grille destinée à les protéger des chiens quand on les lâcherait dans la cour.

Impuissant, Conrad resta assis sur l'estrade et regarda en serrant les dents, son cousin et le gouverneur qui s'approchaient du Noir. Ce dernier, immobile, fixait les chiens. Deux soldats armés de mousquetons avaient suivi le gouverneur et ils s'arrêtèrent à quelques pas du groupe.

Lord Grammell et Denzil riaient. Puis le gouverneur demanda aux gardiens de retirer les chaînes du prisonnier, à qui il ordonna de les ramasser puis de les tenir à bout de bras, en rapprochant lentement ses mains l'une de l'autre pour faire gonfler ses biceps.

Denzil prononça quelques mots, qu'il accompagna d'un geste obscène et le gouverneur éclata d'un rire gras.

Conrad ne savait plus s'il était plus révolté par l'attitude des deux hommes ou par le supplice qu'ils réservaient au malheureux. Outrager un homme, qu'il fût noir ou blanc, dans sa dignité, lui paraissait le comble de l'ignominie. Il songea à Delora et sentit monter en lui un flot de protestations.

Mais à cet instant précis, le Noir, à qui le gouverneur avait ordonné d'ouvrir une nouvelle fois ses bras pour faire saillir ses muscles, eut une réaction qui prit tout le monde au dépourvu.

Avec une adresse inattendue chez un homme de cette stature, il referma ses bras et attrapa dans ses mains énormes le cou des deux hommes qui se gaussaient de lui.

Il avait agi tellement vite qu'avant que personne ait eu le temps de comprendre ce qui se passait, il cogna de toutes ses forces les têtes de ses bourreaux l'une contre l'autre, une fois, puis deux fois, et encore et encore.

Dans un bruit atroce de chairs broyées et d'os brisés, le sang jaillit, éclaboussant son corps et celui de ses victimes.

Il fallut aux soldats un laps de temps qui parut interminable pour qu'ils reprennent leurs esprits. Ils se mirent alors à tirer sur le Noir qui tomba en écrasant sous lui ses tortionnaires.

Ses doigts serraient leur gorge avec une telle force que les gardiens crurent qu'ils ne pourraient jamais les desserrer.

Conrad apposa sa signature au bas d'une feuille qu'il cacheta, avant de la tendre à l'officier qui attendait debout, à côté de lui.

– Vous remettrez ce message à l'amiral en chef, capitaine Beemish, dit-il. Et vous lui demanderez de bien vouloir informer le ministre de son contenu.

– Vos ordres seront exécutés à la lettre, répondit Beemish. J'ai l'intention de gagner l'Angleterre en moins de vingt jours.

– Avec la nouvelle frégate américaine que vous avez capturée hier, je pense que vous y parviendrez, reconnut Conrad en souriant.

Le capitaine Beemish sourit à son tour.

– Le hasard a bien fait les choses en les amenant dans le port de Saint John avant que la nouvelle de la mort du gouverneur ne se soit répandue.

– Certes, acquiesça Conrad. Mais j'ai appris en interrogeant vos prisonniers qu'ils avaient malheureusement coulé ou capturé six de nos navires marchands en un mois !

Son ton se fit plus grave.

– Vous savez aussi bien que moi, Beemish, qu'il nous faut mettre un terme à leurs agissements.

– C'est certain, milord.

– J'ai expliqué longuement la situation dans ma lettre à l'amiral en chef, dit Conrad. Et je l'informe aussi que les autorités de Saint John et le personnel du chantier d'Antigua m'ont demandé de faire fonction de gouverneur jusqu'à l'arrivée du remplaçant de lord Grammell. Maintenant, vous en savez autant qu'en saura l'amiral en chef quand il aura lu ma lettre.

– Pour ce qui est de nommer un remplaçant à lord Grammell, répondit Beemish, ils peuvent prendre tout leur temps. Quand nous avons appris que vous acceptiez cette charge, tous les hommes du port ont applaudi ! Et ceux de l'*Invincible* plus fort que les autres, croyez-moi !

– Merci, répondit simplement Conrad.

– Et permettez-moi, milord, continua Beemish, d'ajouter que pour nous tous c'est la fin d'un cauchemar.

Conrad réfléchit un instant, puis :

– Je suis certain que vous estimerez comme moi, capitaine, qu'il vaut mieux, dans l'intérêt de notre pays, ne pas faire une trop grande publicité à ce qui s'est passé ici. Je vous promets néanmoins de mettre à profit mon séjour ici pour remettre les choses en place, et sans tarder !

Conrad serra la main que lui tendait Beemish.

– Bonne chance, capitaine, dit-il. J'espère que cette traversée vous plaira. J'aurais bien aimé être à votre place, vous savez, ajouta-t-il avec une pointe de nostalgie.

Juste après le départ de Beemish, Barnet annonça une nouvelle visite.

– Il y a quelqu'un qui demande à vous voir, dit-il d'un air mystérieux tandis que Delora, qui ne pouvait attendre davantage, se précipitait dans la pièce.

Avant même que Barnet ait refermé la porte derrière elle, elle jeta ses bras autour du cou de Conrad et appuya sa joue contre la sienne.

– Je croyais que ça n'en finirait jamais ! s'exclama-t-elle. Je suis jalouse de tous ces gens auxquels vous accordez tant de temps !

– Il me faut tout mettre en ordre, ma chérie, répondit Conrad, afin que nous puissions passer notre lune de miel vraiment seuls, tous les deux, sans en éprouver aucun remords.

– Seuls ? Vraiment ? Vous croyez que ce sera possible ? demanda Delora.

– Qui gouverne l'île aujourd'hui ? répliqua Conrad.

Delora se mit à rire.

– Vous êtes devenu un personnage important, monsieur le comte, gouverneur d'Antigua, et je vais peut-être bientôt regretter le vaillant capitaine Horn avec qui je dînais simplement à bord de l'*Invincible*.

– Ce qui fait de moi un homme important, c'est l'amour que vous me portez, assura Conrad, et le fait que vous allez devenir ma femme !

– J'ose à peine y croire, dit Delora. Je me réveille encore la nuit en pensant que le miracle n'a pas eu lieu et que je vais épouser ce répugnant vieillard !

Conrad posa un doigt sur ses lèvres.

– N'oubliez pas que nous avons décidé de ne plus jamais parler de lui, dit-il. Comme vient de me le dire le capitaine Beemish, le cauchemar est fini. Antigua est libre et vous aussi, mon amour. Mieux vaut ne pas se ronger les sangs avec le passé.

– C'est vrai, vous avez raison, reconnut Delora. Je ne dois plus penser qu'à vous désormais.

Il sourit en constatant que le bonheur la rendait plus jolie que jamais. Dieu les avait destinés l'un à l'autre, et Il avait enfin permis qu'ils soient réunis.

Conrad, avec l'esprit de décision et l'autorité qui le caractérisaient, avait écarté tous les obstacles qui auraient pu empêcher que leur mariage ait lieu immédiatement.

La tâche lui avait d'ailleurs été facilitée par le fait que, si le mariage du gouverneur et de Delora avait été annoncé en Angleterre, personne, à Antigua, n'en avait eu vent. Il avait prétendu que Delora et lui étaient venus à Antigua pour s'y marier, avec l'autorisation de Denzil, son tuteur.

La seule chose qui aurait pu retarder la cérémonie était le deuil de la jeune fille, mais Conrad avait expliqué que la mort de son chaperon les obligeait à précipiter les choses.

Le lendemain de la mort du gouverneur et de Denzil, il avait demandé au directeur des chantiers navals et à sa femme d'accueillir Delora et Abigaïl dans leur maison, située à moins de cent mètres de celle de l'amiral. Ils les avaient reçues de bon cœur, mais Conrad savait que leur demeure était trop petite pour que la présence prolongée des deux femmes ne les dérange pas. C'était une raison de plus pour hâter le mariage.

Ils passeraient leur lune de miel à Clarence House car Conrad n'était pas encore en état de voyager. Delora aimait d'ailleurs cette maison dont il lui avait décrit toutes les beautés et ses nouvelles fonctions lui permettraient d'en interdire l'entrée à tout visiteur. Le jardin, ses fleurs, ses flamboyants et ses palmiers qui se balançaient doucement dans le vent, ne seraient qu'à eux. Personne ne franchirait la grille du parc.

Il ne pouvait encore poser le pied par terre, mais il se sentait si bien qu'il ne pensait déjà plus à lui comme à un invalide.

Il taquina Delora :

— Vous êtes certaine de vouloir m'épouser ? Après tout, je ne vous l'ai jamais demandé officiellement.

Delora rit doucement, puis elle répondit d'une voix basse :

— Je crois même que c'est moi qui ai demandé votre main ! Quand Abigaïl est entrée dans ma chambre pour m'annoncer la mort de Denzil et du gouverneur, je me suis écriée : « Maintenant, je peux épouser Conrad ! »

Elle se pencha en avant et l'embrassa sur la

joue pour cacher les larmes de bonheur qui lui mouillaient les yeux.

Il préférait ne pas lui dire que la même pensée lui était venue à l'esprit, pour ne pas évoquer devant elle les corps mutilés et sanguinolents que l'on avait retirés de la cour de la prison pour les enterrer à la hâte le soir même, comme il est d'usage sous les tropiques.

L'essentiel, comme le lui avait dit Delora quand elle était allée le voir le lendemain, était que leurs rêves pussent enfin se réaliser.

— Peut-être devrais-je me soucier davantage de votre blessure, dit-elle d'une voix hésitante, et insister pour que nous attendions pour nous marier que vous soyez définitivement guéri...

— Abigaïl a déclaré que j'étais en état de me marier ! se récria Conrad. Et vous savez parfaitement bien qu'on ne doit pas discuter ses ordres !

— Loin de moi une telle idée, dit Delora, mais je ne veux pas être la cause de souffrances supplémentaires pour vous. Je peux attendre, mon chéri, comme je m'étais préparée à le faire; ce sera d'autant moins grave que l'attente ne sera pas longue.

— Vous n'attendrez pas une seconde de plus qu'il n'est nécessaire, dit Conrad avec fermeté. Je vous épouserais dès demain si l'évêque n'avait pas exigé une cérémonie grandiose. Il a l'intention de remplir de fleurs la cathédrale, et apparemment, personne sur l'île ne veut manquer la fête.

— J'aurais... préféré... me marier avec vous... loin de la foule... peut-être à bord de l'*Invincible*.

— Moi aussi, reconnut Conrad, et peut-être encore plus que vous, car une femme attache toujours une certaine importance à la cérémonie du mariage. Mais j'ai pensé qu'il fallait faire oublier aux habitants d'Antigua la conduite de leur ancien gouverneur. Quand ils vous auront vue, mon amour, ils ne parleront plus que de vous !

– Je vous aime, répéta Delora, parce que vous êtes un homme sage. Oh ! Conrad, vous continuerez à m'aimer et à me désirer, n'est-ce pas, même quand vous me quitterez pour retourner en mer !

Il y eut un silence, puis Conrad déclara :

– J'ai longuement réfléchi à cette question, ma chérie, et j'en suis arrivé à la conclusion que, même si dans six mois je suis suffisamment rétabli pour reprendre la mer, il y a très peu de chances pour que je le fasse.

La joie brilla dans les yeux de Delora et il expliqua :

– Quand nous serons rentrés en Angleterre, il me faudra tout d'abord remettre de l'ordre dans nos affaires. Nous devons rendre à la propriété familiale que Denzil a négligée depuis tant d'années sa prospérité passée.

– Et ensuite ? demanda Delora.

– Ensuite ? Je crois, et c'est même une certitude pour moi, que la guerre sera terminée. Nous avons déjà vaincu Napoléon sur mer. Nous n'avons plus qu'à lui infliger une défaite décisive sur terre, et le duc de Wellington en sera l'artisan !

Delora poussa un cri de joie.

– Alors, vous quitterez la Marine royale et vous resterez avec moi ? C'est la chose la plus magnifique, la plus merveilleuse qui pouvait arriver ! Mais mon chéri... peut-être allez-vous vous ennuyer... avec moi.

– Voilà bien une chose impossible, protesta Conrad. Mais je n'ai pas l'intention d'abandonner toute activité pour vivre de mes rentes ! Il y aura toujours du travail pour moi à l'Amirauté, et je veux prendre la place qui est maintenant la mienne à la Chambre des lords afin de me battre non seulement pour l'amélioration des navires qui protègent nos côtes, mais aussi pour celle des conditions de vie et de travail à bord.

– Vous êtes tellement généreux ! s'exclama Delora.

– Nos marins sont prêts à se battre et à mourir pour leur patrie, dit Conrad, et je suis décidé à faire ce qu'il faut pour qu'ils soient traités correctement.

– Et correctement soignés quand ils sont blessés, ajouta Delora vivement.

– Je ne l'oublie pas, répondit Conrad, mais je n'obtiendrai jamais qu'il y ait une Delora et une Abigaïl à bord de chaque navire !

– Il faut des chirurgiens compétents susceptibles d'employer d'autres méthodes que l'amputation.

– Des méthodes qui vous ont permis à Abigaïl et à vous de sauver ma jambe, répondit Conrad. Faites-moi confiance, je consacrerai désormais une grande partie de mon énergie à donner à d'autres la même chance qu'à moi.

– Est-ce que... vous me laisserez... vous aider ?

– Vous savez très bien que je ne pourrai rien accomplir si vous ne me soutenez pas de votre amour.

– Merci, dit Delora. J'avais envie de vous l'entendre dire.

Elle se serra contre lui avec le sentiment qu'il était le plus merveilleux des hommes, et le seul dont les baisers puissent lui donner la sensation d'une communion avec le divin.

Elle repensa un instant à l'angoisse qu'elle éprouvait en embarquant sur l'*Invincible*, et il lui sembla que des siècles la séparaient de cette époque sombre.

Ce voyage était pour elle une véritable traversée vers l'enfer. Puis, Conrad était entré dans sa cabine, nimbé de lumière, comme un chevalier partant au combat, et toute sa vie avait basculé.

– Je vous aime, lui dit-elle. Je vous aime et je prie Dieu chaque jour pour qu'Il m'aide à devenir la femme que vous méritez d'avoir à vos côtés, une femme... digne de vous.

– Ne parlez pas ainsi, ma chérie, dit Conrad. Vous êtes la perfection faite femme, et je remercie Dieu Qui m'a comblé. Je suis l'homme le plus heureux de la terre, puisque vous m'aimez.

Ses lèvres se posèrent sur celles de Delora et ils s'embrassèrent jusqu'à ce que le monde s'évanouisse autour d'eux et ils demeurèrent ainsi suspendus entre le ciel et la mer.

Une vague de chaleur monta dans la poitrine de Delora, une vague de désir inspirée par Dieu.

Conrad resserra son étreinte et les battements de son cœur résonnèrent contre elle. La flamme devint un feu dévorant, mais elle n'avait pas peur.

Ses lèvres étaient violentes, sauvages, exigeantes, mais elle ne demandait qu'à lui donner ce qu'il voulait, quoiqu'elle ignorât encore le contenu exact de son désir. Tout ce qu'elle savait, c'est qu'il allait l'embrasser encore et encore. Être plus près de lui, lui appartenir, pour qu'ils ne forment qu'un seul être était son seul but.

Conrad détacha ses lèvres de celles de Delora et appuya sa joue contre la sienne. Puis, sans relâcher son étreinte, il dit d'une voix étrangement rauque :

– Vous me rendez fou, ma chérie, mon petit amour, mais je vous promets que lorsque nous serons mariés, je saurai me montrer très doux. Je ne supporterais pas de voir dans vos yeux cette expression de peur que j'y voyais sur l'*Invincible* quand vous songiez à l'homme vers lequel nous voguions.

— Je n'aurai jamais peur de vous, affirma Delora. Je sais, mon chéri, que je suis très... ignorante et que vous devrez m'apprendre les choses de... l'amour. J'apprendrai... je vous aimerai... comme vous me demanderez de le faire... et tout ce que nous ferons ensemble sera... inspiré par Dieu... une approche du paradis.

Ces mots bouleversèrent Conrad.

Alors il l'embrassa encore, passionnément, mais aussi avec vénération : Delora avait comblé le vide de son cœur qu'aucune femme n'était parvenue à conquérir.

Elle savait maintenant qu'elle serait avec lui, toujours et à jamais, et qu'il la respecterait parce qu'elle lui avait apporté l'amour authentique et pur que recherche l'homme sur l'océan imprévisible, et souvent tumultueux, de la vie.

— Je vous adore, prononcèrent les lèvres de Conrad tout contre les siennes.

Puis, toute parole devint inutile.

Cinéma et TV

De nombreux romans publiés par J'ai lu ont été portés à l'écran ou à la TV. Leurs auteurs ne sont pas toujours très connus ; voici donc, dans l'ordre alphabétique, les titres de ces ouvrages :

A la poursuite du diamant vert 1667 ★★★	Joan Wilder
Alien 1115 ★★★	Alan Dean Foster
Angélique marquise des anges	
L'ami Maupassant 2047 ★★	Guy de Maupassant
L'Australienne 1969 ★★★★ & 1970 ★★★★	Nancy Cato
Bigfoot et les Henderson 2292 ★★★	Joyce Thompson
Blade runner 1768 ★★★	Philip K. Dick
Bleu comme l'enfer 1971 ★★★★	Philippe Djian
La brute 47 ★★★	Guy des Cars
Cabaret (Adieu à Berlin) 1213 ★★★	Christopher Isherwood
Carrie 835 ★★★	Stephen King
Châteauvallon	
1856 ★★★★ 1936 ★★★★ & 2140 ★★★★	Eliane Roche
Christine 1866 ★★★★	Stephen King
La couleur pourpre 2123 ★★★	Alice Walker
Coulisses 2108 ★★★★★	Alix Mahieux
Cujo 1590 ★★★★	Stephen King
Des fleurs pour Algernon 427 ★★★	Daniel Keyes
2001 l'odyssée de l'espace 349 ★★	Arthur C. Clarke
2010 : odyssée deux 1721 ★★★	Arthur C. Clarke
Le diamant du Nil 1803 ★★★	Joan Wilder
Dynasty 1697 ★★ & 1894 ★★★	Eileen Lottman
E.T. l'extra-terrestre 1378 ★★★	Spielberg/Kotzwinkle
E.T. La planète verte 1980 ★★★	Spielberg/Kotzwinkle
L'exorciste 630 ★★★★	William P. Blatty
Les exploits d'un jeune don Juan 875 ★	Guillaume Apollinaire
Le faiseur de morts 2063 ★★★	Guy des Cars
Fanny Hill 711 ★★★	John Cleland
Fletch 1705 ★★★	Gregory Mcdonald
La folle histoire de l'espace 2294 ★★★	Mel Brooks/J.B. Stine
Le Gerfaut 2206 ★★★★★★ & 2207 ★★★★★★	Juliette Benzoni
Jonathan Livingston de goéland 1562 ★ illustré	Richard Bach
Joy 1467 ★★ & Joy et Joan 1703 ★★	Joy Laurey
Le joyau de la couronne	
2293 ★★★★★ & 2330 ★★★★★	Paul Scott

1870

Composition Communication à Champforgeuil
Impression Brodard et Taupin
à La Flèche (Sarthe) le 6 juillet 1988
6796-5 Dépôt légal juillet 1988
ISBN 2-277-21870-7
1er dépôt légal dans la collection : juillet 1985
Imprimé en France
Editions J'ai lu
27, rue Cassette, 75006 Paris
diffusion France et étranger : Flammarion